Agatha Christie é a autora mais publicada de todos os tempos, superada apenas por Shakespeare e pela Bíblia. Em uma carreira que durou mais de cinquenta anos, escreveu 66 romances de mistério, 163 contos, dezenove peças, uma série de poemas, dois livros autobiográficos, além de seis romances sob o pseudônimo de Mary Westmacott. Dois dos personagens que criou, o engenhoso detetive belga Hercule Poirot e a irrepreensível e implacável Miss Jane Marple, tornaram-se mundialmente famosos. Os livros da autora venderam mais de dois bilhões de exemplares em inglês, e sua obra foi traduzida para mais de cinquenta línguas. Grande parte da sua produção literária foi adaptada com sucesso para o teatro, o cinema e a tevê. *A ratoeira*, de sua autoria, é a peça que mais tempo ficou em cartaz, desde sua estreia, em Londres, em 1952. A autora colecionou diversos prêmios ainda em vida, e sua obra conquistou uma imensa legião de fãs. Ela é a única escritora de mistério a alcançar também fama internacional como dramaturga e foi a primeira pessoa a ser homenageada com o Grandmaster Award, em 1954, concedido pela prestigiosa associação Mystery Writers of America. Em 1971, recebeu o título de Dama da Ordem do Império Britânico.

Agatha Mary Clarissa Miller nasceu em 15 de setembro de 1890 em Torquay, Inglaterra. Seu pai, Frederick, era um americano extrovertido que trabalhava como corretor da Bolsa, e sua mãe, Clara, era uma inglesa tímida. Agatha, a caçula de três irmãos, estudou basicamente em casa, com tutores. Também teve aulas de canto e piano, mas devido ao temperamento introvertido não seguiu carreira artística. O pai de Agatha morreu quando ela tinha onze anos, o que a aproximou da mãe, com quem fez várias viagens. A paixão por conhecer o mundo acompanharia a escritora até o final da vida.

Em 1912, Agatha conheceu Archibald Christie, seu primeiro esposo, um aviador. Eles se casaram na véspera do Natal de 1914 e tiveram uma única filha, Rosalind, em 1919. A carreira literária de Agatha – uma fã dos livros de suspense do escritor inglês Graham Greene – começou depois que sua irmã a desafiou a escrever um romance. Passaram-se alguns anos até que o primeiro livro da escritora fosse publicado. *O misterioso caso de Styles* (1920), escrito próximo ao fim da Primeira Guerra Mundial, teve uma boa acolhida da crítica. Nesse romance aconteceu a primeira aparição de Hercule Poirot, o detetive que estava destinado a se tornar o personagem mais popular da ficção policial desde Sherlock Holmes. Protagonista de 33 romances e mais de cinquenta contos da autora, o detetive belga foi o único personagem a ter o obituário publicado pelo *The New York Times*.

Em 1926, dois acontecimentos marcaram a vida de Agatha Christie: sua mãe morreu, e Archie a deixou por outra mulher. É dessa época também um dos fatos mais nebulosos da biografia da autora: logo depois da separação, ela ficou desaparecida durante onze dias. Entre as hipóteses figuram um surto de amnésia, um choque nervoso e até uma grande jogada publicitária. Também em 1926, a autora escreveu sua obra-prima, *O assassinato de Roger Ackroyd*. Esse foi seu primeiro livro a ser adaptado para o teatro – sob o nome *Álibi* – e a fazer um estrondoso sucesso nos teatros ingleses. Em 1927, Miss Marple estreou como personagem no conto "O Clube das Terças-Feiras".

Em uma de suas viagens ao Oriente Médio, Agatha conheceu o arqueólogo Max Mallowan, com quem se casou em 1930. A escritora passou a acompanhar o marido em expedições arqueológicas e nessas viagens colheu material para seus livros, muitas vezes ambientados em cenários exóticos. Após uma carreira de sucesso, Agatha Christie morreu em 12 de janeiro de 1976.

Agatha Christie
sob o pseudônimo de
Mary Westmacott

O CONFLITO

Tradução de HENRIQUE GUERRA

www.lpm.com.br

L&PM POCKET

Coleção **L&PM** POCKET, vol. 1024

Texto de acordo com a nova ortografia.

Título original: *The Rose and the Yew Tree*

Primeira edição na Coleção **L&PM** POCKET: maio de 2012
Esta reimpressão: outubro de 2020

Tradução: Henrique Guerra
Capa: designedbydavid.co.uk © HarperCollins/Agatha Christie Ltd 2008
Preparação: Patrícia Yurgel
Revisão: Elisângela Rosa dos Santos

CIP-Brasil. Catalogação na Fonte
Sindicato Nacional dos Editores de Livros, RJ

W542c

Westmacott, Mary, 1890-1976
    O conflito / Agatha Christie sob o pseudônimo de Mary Westmacott; tradução de Henrique Guerra. – Porto Alegre, RS: L&PM, 2020.
    256p.   (L&PM POCKET, v. 1024)

    Tradução de: *The Rose and the Yew Tree*
    ISBN 978-85-254-2591-1

    1. Romance inglês. I. Guerra, Henrique II. Título. III. Série.

11-8581.	CDD: 823
	CDU: 821.111-3

The Rose and the Yew Tree © 1948 The Rosalind Hicks Charitable Trust. All rights reserved.
AGATHA CHRISTIE and the Agatha Christie Signature are registered trade marks of Agatha Christie Limited in the UK and elsewhere. All rights reserved.
www.agathachristie.com

Todos os direitos desta edição reservados a L&PM Editores
Rua Comendador Coruja, 314, loja 9 – Floresta – 90220-180
Porto Alegre – RS – Brasil / Fone: 51.3225.5777

Pedidos & Depto. Comercial: vendas@lpm.com.br
Fale conosco: info@lpm.com.br
www.lpm.com.br

Impresso no Brasil
Primavera de 2020

*O momento da rosa
e o momento do teixo
têm igual duração.*

T. S. Eliot

Sumário

Prólogo 9
Capítulo 1 21
Capítulo 2 31
Capítulo 3 37
Capítulo 4 47
Capítulo 5 60
Capítulo 6 67
Capítulo 7 70
Capítulo 8 80
Capítulo 9 87
Capítulo 10 97
Capítulo 11 111
Capítulo 12 118
Capítulo 13 128
Capítulo 14 137
Capítulo 15 142
Capítulo 16 151
Capítulo 17 160
Capítulo 18 168
Capítulo 19 176
Capítulo 20 187
Capítulo 21 197
Capítulo 22 206
Capítulo 23 213
Capítulo 24 216
Capítulo 25 233
Capítulo 26 240
Epílogo 246

Prólogo

Eu estava em Paris quando Parfitt, meu ajudante, veio me avisar que uma senhora queria falar comigo. Ela disse, acrescentou ele, que o assunto era muito importante.

Naquela altura da minha vida, eu já tomara como hábito nunca receber ninguém sem hora marcada. Gente que chega sem avisar e alega urgência quase sempre quer pedir dinheiro emprestado. Por outro lado, quem precisa mesmo de empréstimo raramente aparece para pedir.

Perguntei a Parfitt o nome da visitante, e ele me entregou um cartão. No cartão, lia-se "Catherine Yougoubian" – nome do qual eu nunca tinha ouvido falar e que, para ser sincero, não me despertou interesse. Reformulei a impressão de que ela precisava de auxílio financeiro. Em vez disso, deduzi que desejava vender algo – provavelmente uma dessas antiguidades falsas que rendem melhor preço quando trazidas em mãos e empurradas ao relutante comprador com o recurso de uma abundante lábia.

Mandei avisar que sentia muito por não ter condições de receber madame Yougoubian, mas que ela podia escrever e expor o assunto.

Parfitt inclinou a cabeça e retirou-se. Ele é bastante confiável (um inválido como eu precisa de um auxiliar confiável), e eu não tinha dúvida nenhuma de que o caso estava resolvido. Mas, para meu espanto, Parfitt reapareceu. A senhora, afirmou ele, insistia em falar comigo. Era um caso de vida ou morte de um velho amigo.

Súbito minha curiosidade se atiçou. Não pela mensagem – uma óbvia artimanha. "Vida ou morte" e "velho amigo" eram típicas cartas de blefe. Não: o que despertou minha curiosidade foi o comportamento de Parfitt. Voltar com mensagens daquele tipo não era do feitio de Parfitt.

Cheguei à conclusão – totalmente equivocada – de que Catherine Yougoubian era lindíssima ou, pelo menos, dona de singular charme. Nada mais, pensei, explicaria o comportamento de Parfitt.

E já que homem é sempre homem, até mesmo cinquentão e aleijado, caí na cilada. Quis conhecer a esplendorosa criatura capaz de derrubar as defesas do irrepreensível Parfitt.

Então mandei que fizesse a dama subir. Porém, quando Catherine Yougoubian entrou no recinto, a inversão das expectativas deixou-me estupefato!

Verdade: agora entendo o procedimento de Parfitt. Ele sabe avaliar a natureza humana de modo infalível. Reconheceu em Catherine aquela firmeza de propósito contra a qual, no fim das contas, todas as barreiras soçobram. Com sabedoria, logo capitulou e evitou uma batalha demorada e renhida. Pois Catherine Yougoubian não só tinha a persistência das marretas e a monotonia dos maçaricos, como também era adepta do provérbio que diz que água mole em pedra dura tanto bate até que fura. Quando estabelecia uma meta a alcançar, o tempo era infinito. Teria permanecido obstinadamente sentada no saguão o dia todo. Uma daquelas mulheres em cujo cérebro só cabe uma ideia de cada vez – o que lhes dá colossal vantagem sobre indivíduos menos focados.

Como eu disse, levei um susto quando ela entrou na sala. Eu estava esperando me deparar com beleza. Em vez disso, a mulher que entrou era de uma monumental, quase intimidante, falta de graça. Não chegava a ser feia, é bom frisar; a feiura tem ritmo próprio, um estilo próprio de ataque. Mas o rosto de Catherine – achatado como uma panqueca – lembrava um deserto. Acima do lábio superior da boca larga, um buço discreto – discretíssimo. Os olhinhos escuros lembravam duas passas de uva insignificantes num bolinho insignificante. No cabelo volumoso e mal preso predominavam fios grisalhos. Figura tão indefinível que praticamente nem era uma figura. A roupa a cobria de forma conveniente, mas não lhe caía bem em parte alguma. Não aparentava ser pobre nem rica. Mexeu o queixo obstinado e, quando abriu a boca, escutei uma voz rouca e desagradável.

Relanceei a Parfitt um olhar de profunda censura, recebido por ele com fleuma imperturbável. Claramente Parfitt acreditava que, como de costume, ele tinha razão.

– Madame Yougoubian, sir – anunciou antes de sair, fechar a porta e me deixar à mercê dessa fêmea de olhar convicto.

Catherine andou na minha direção de modo resoluto. Nunca me senti tão desamparado, tão consciente da minha invalidez. Eu deveria ter fugido daquela mulher, mas sou incapaz de correr.

Falou em voz alta e firme:

– Por favor, se quer fazer um ato de bondade, venha comigo, sim?

O tom não era de um pedido, e sim de uma ordem.

– Como? – perguntei estarrecido.

– Meu inglês não é dos melhores, eu receio. Mas não há tempo a perder... O tempo urge. Eu lhe peço que venha ver o sr. Gabriel. Ele está muito doente. Logo, logo ele vai morrer e pediu para ver o senhor. Então, deve se apressar.

Eu a fitei atônito. Francamente, pensei que era louca. O nome Gabriel não me dizia nada – em parte, imagino, por causa da pronúncia dela. Não soou nem um pouco como Gabriel. Contudo, mesmo se tivesse soado, não acredito que me fizesse lembrar. Já fazia tanto tempo. Havia mais de uma década que eu nem sequer pensava em John Gabriel.

– A senhora está dizendo que alguém está moribundo? Alguém que... eu conheço?

Ela me lançou um olhar de reprovação infinita.

– Mas é claro que conhece, e conhece muito bem. E ele quer vê-lo.

Falava de modo tão dogmático que eu comecei a quebrar a cabeça. Que nome ela dissera? Gable? Galbraith? Eu conhecia um engenheiro de minas chamado Galbraith. Amizade superficial, é bom que se diga; parecia altamente improvável que ele requisitasse minha presença no leito de morte. Porém, devido à forte personalidade de Catherine, eu sequer duvidei da veracidade da sua afirmação.

– Que nome a senhora disse? – indaguei. – Galbraith?

– Não, não. Gabriel. *Gabriel*!

Fitei a interlocutora. Dessa vez entendi a palavra direito, mas isso só fez aparecer em minha mente, como num passe de mágica, a imagem do arcanjo Gabriel e seu grande par de asas. A visão combinava perfeitamente com Catherine Yougoubian. Ela lembrava o tipo de mulher fervorosa que em geral vemos de joelhos no canto inferior esquerdo das pinturas italianas do século XV. Tinha aquele traço peculiar de simplicidade combinado com o olhar de devoção ardente.

Acrescentou de modo pertinaz e teimoso:

– *John* Gabriel.

Então entendi! Lembrei de tudo. Senti-me tonto e um pouco enjoado. St. Loo, as velhas damas, Milly Burt... E John Gabriel, o rosto feio e dinâmico, balançando-se suavemente nos calcanhares. E Rupert, alto e garboso como um deus grego. E, é claro, Isabella...

Recordei da última vez em que eu vira John Gabriel em Zagrade e dos fatos lá ocorridos. Súbito fui engolfado por uma onda vermelha de ira e repugnância...

– Então ele está morrendo, não é? – perguntei em tom ríspido. – Que notícia maravilhosa!

– Perdão?

Não há como repetir certas coisas se alguém nos diz "Perdão?" com polidez. Catherine Yougoubian parecia não entender. Eu disse apenas:

– Então ele está morrendo?

– Sim. Sente dores... dores horríveis.

Ora, aquela notícia também era maravilhosa. Nenhuma dor que acometesse John Gabriel poderia expiar os pecados que ele cometera. No entanto, eu me senti incapaz de verbalizar isso a alguém que obviamente adorava John Gabriel.

Que diabo aquele sujeito tinha, perguntei-me irritado, para que as mulheres sempre ficassem caídas por ele? Feio como um raio. Presunçoso, inculto e exibido. Tinha um intelecto que não era dos piores e até podia ser, em certas circunstâncias (circunstâncias vulgares!), uma boa companhia. Tinha senso de humor. Mas nenhuma dessas características empolga muito as mulheres.

Catherine interrompeu meus pensamentos.

– Quer vir comigo, por favor? Rápido. Não há tempo a perder.

Eu me recompus.

– Sinto muito, minha boa senhora – respondi –, porém receio não poder acompanhá-la.

– Mas ele pede a sua presença – insistiu ela.

– Não vou – avisei.

– Não entende que ele está doente? – martelou Catherine. – Está morrendo e quer vê-lo.

Tomei ânimo para a luta. Começara a perceber (coisa que Parfitt percebera à primeira vista) que Catherine Yougoubian não desistia fácil. Eu falei:

– A senhora está cometendo um engano. John Gabriel não é meu amigo.

Ela balançou a cabeça com ênfase.

– Mas sim, sim. Ele viu o seu nome no jornal. No jornal dizia que o senhor estava aqui como membro da comissão... Então ele me mandou descobrir onde o senhor morava e dar um jeito de levá-lo até lá. E, por favor, vamos rápido, muito rápido. O médico disse que a morte não demora a chegar. Vamos logo, por favor?

Pareceu-me que eu precisava ser franco. Eu disse:

– Por mim ele pode apodrecer no inferno!

– Perdão?

Ela me olhou com ar nervoso, enrugando o nariz comprido com ar cordial, como quem tenta compreender...

– John Gabriel – articulei de modo lento e claro – *não* é meu amigo. É uma pessoa que eu odeio... *Odeio!* Entende agora?

Ela piscou. Tive a impressão de que ela enfim começava a entender.

– O senhor diz – falou devagar como uma criança que repete uma difícil lição – que odeia... John Gabriel? É isso que está dizendo?

– Isso mesmo – confirmei.

Ela sorriu – um sorriso insano.

– Não, não – objetou com ar tolerante –, isso não é possível... Ninguém pode odiar John Gabriel. É um homem admirável, de bom coração. Todos que o conhecem não hesitariam em dar a vida por ele.

– Meu Deus – gritei exasperado –, o que ele fez para merecer esses sentimentos?

Eu bem que pedi! Ela esqueceu a urgência da missão. Sentou-se, passou a mão no cabelo grisalho que lhe caía na testa, empurrou uma mecha para trás e, com um brilho de entusiasmo no olhar, abriu a boca e começou a despejar palavras.

Falou por cerca de quinze minutos, creio eu. Às vezes tornava-se ininteligível e tropeçava nas complexidades do discurso. Às vezes as palavras fluíam como um límpido regato. Mas no geral a atuação teve o efeito de um épico.

Falou com reverência, respeito, humildade e idolatria. Falou de John Gabriel como se falasse do Messias – e era evidente que ele era isso para ela. Contou coisas sobre ele que me pareceram fantasiosas e impossíveis. Falou de um homem terno, corajoso e forte. Um líder, um benfeitor. Falou de alguém que arriscava a própria vida para salvar a vida dos outros; de alguém que odiava crueldades e injustiças com paixão ardente. Aos olhos dela, profeta, rei, salvador – alguém capaz de insuflar nas pessoas coragem e força que elas nem suspeitavam ter. Torturado mais de uma vez; aleijado, quase morto; porém, de modo inexplicável, com pura força de vontade, ele havia superado as deficiências e mutilações e continuado a realizar o impossível.

Ela arrematou:

– O senhor diz que não conhece os feitos dele, mas todo mundo conhece o padre Clement... *Todo mundo!*

Fitei-a perplexo, pois era verdade o que ela dizia. Todo mundo já ouvira falar do padre Clement. Nome de grande influência, mas para certas pessoas apenas um nome, um mito – o homem verdadeiro nunca havia existido.

Como descrever a lenda do padre Clement? Mescla de Ricardo Coração de Leão, padre Damião de Molokai e Lawrence da Arábia. Guerreiro e santo com a intrepidez e o atrevimento de um menino. Após a Segunda Guerra Mundial, a Europa e o Oriente atravessaram um período obscuro. O medo, que grassava, resultou numa nova maré de crueldades e selvagerias. A civilização sucumbia. Na Índia e na Pérsia, aconteceram fatos abomináveis: chacinas, fome, tortura, anarquia...

E do meio da névoa escura emergira um vulto quase lendário – o vulto que se autodenominava "padre Clement". Salvou crianças, resgatou gente da tortura, liderou fiéis por trilhas intransitáveis no meio das montanhas, conduziu-lhes a regiões seguras, fundou comunidades. Idolatrado, amado, adorado – uma lenda, não um homem.

E, de acordo com Catherine Yougoubian, padre Clement era John Gabriel, ex-membro do parlamento por St. Loo, bêbado e mulherengo. Sujeito que sempre agia a seu bel-prazer. Um aventureiro, um oportunista, cuja única virtude era a valentia.

Súbito fui tomado pela inquietude; minha incredulidade vacilou. Por mais impossível que me parecesse a história de Catherine, havia um ponto de plausibilidade. Os dois (padre Clement e John Gabriel) tinham valentia rara. Aquelas façanhas da figura lendária, a audácia dos resgates, a fanfarronice, o descaramento – tudo lembrava os métodos de John Gabriel.

Contudo, John Gabriel sempre fora adepto da autopromoção. Fazia tudo com um olho nas galerias para agradar o povo. Se John Gabriel fosse o padre Clement, com certeza o mundo inteiro já saberia.

Não, eu não acreditava... Eu não podia acreditar...

Porém, quando Catherine parou sem fôlego, quando o fulgor no olhar dela arrefeceu, quando ela disse a seu modo característico, persistente e monótono "Venha agora, sim, por favor?", eu chamei Parfitt.

Ele me ajudou a levantar, me alcançou as muletas, me amparou escadaria abaixo e me embarcou num táxi, com Catherine a meu lado.

Eu tinha que conferir, sabe. Curiosidade, talvez? Ou a tenacidade de Catherine Yougoubian? (No fim, sem dúvida, dei o braço a torcer a ela!) Seja como for, eu queria ver John Gabriel. Eu queria ver se conseguia conciliar o relato sobre padre Clement com aquilo que eu sabia sobre o John Gabriel de St. Loo. Eu queria ver se conseguia, quem sabe, ver o que Isabella havia visto – o que ela deve ter visto para ter feito o que fez...

Não sei o que eu esperava ao seguir Catherine Yougoubian estreita escadaria acima e quartinho dos fundos adentro. Nele havia um médico francês barbudo e afetado. Debruçado sobre o paciente, ele recuou e, com polidez, fez um sinal para que eu me aproximasse.

Notei seu olhar avaliando-me com curiosidade. Eu era a pessoa que um grande homem, à beira da morte, expressara o desejo de ver...

Tive um choque ao ver Gabriel. Quanto tempo havia transcorrido desde aquele dia em Zagrade! Eu não teria reconhecido a pessoa deitada tão serenamente na cama. Ele morreria logo, percebi. O fim era iminente. Tentei sem sucesso reconhecer o rosto do homem prostrado. Tive que admitir: levando em conta as aparências, Catherine estava certa. Aquele rosto macilento era o rosto de um santo. Trazia marcas de sofrimento e angústia... Trazia ascetismo. Trazia, enfim, paz espiritual...

E nenhuma dessas qualidades pertenciam ao John Gabriel que eu conhecera.

Então abriu os olhos, viu-me e não conteve um sorriso. O mesmo sorriso, os mesmos olhos – olhos magníficos no rosto feio de palhaço.

Falou num fio de voz:

– Então ela conseguiu trazer você! Armênias são incríveis!

Sim, era John Gabriel. Chamou o médico com um gesto. Exigiu – com a vozinha sofrida, mas imperiosa – a prometida injeção estimulante. O médico objetou. Gabriel o subjugou. Apressaria o fim, ou ao menos foi o que deduzi. Contudo, Gabriel deixou claro que um derradeiro jato de energia era importante, realmente essencial.

O médico deu de ombros e concordou. Aplicou a injeção; em seguida, ele e Catherine me deixaram a sós com o paciente.

Gabriel começou logo.

– Quero lhe contar sobre a morte de Isabella.

Respondi que já sabia de tudo sobre aquele assunto.

– Não – frisou ele –, acho que não sabe...

Foi então que me descreveu aquela cena final no café em Zagrade.

Vou contá-la no momento oportuno.

Depois, ele só disse mais uma coisa. Porém, foi justamente isso que me levou a escrever esta narrativa.

O padre Clement é um homem público. Sua formidável trajetória – de heroísmo, resistência, compaixão e coragem – pertence a pessoas que gostam de registrar a vida dos heróis. As comunidades fundadas por ele lançaram as bases de novas experiências sociais. Não será difícil encontrar biografias do homem que as concebeu e criou.

Esta não é a história de padre Clement. É a história de John Merryweather Gabriel, ex-combatente condecorado com a Cruz Vitória. Um oportunista, um sujeito de charme e paixões carnais. Ele e eu, cada qual a seu modo, amamos a mesma mulher.

Todos começamos como protagonistas de nossa própria história. Mais tarde ficamos intrigados, desconfiados e confusos. Assim aconteceu comigo. Primeiro, a história era *minha*. Depois pensei que era sobre mim e Jennifer – Romeu e Julieta, Tristão e Isolda. E então, no auge da escuridão e do desengano, Isabella singrou minha visão como a lua singra a noite escura. Ela se tornou o tema central do bordado, enquanto eu... eu era o fundo em ponto cruz – não mais do que isso. Não mais e também não menos; afinal, sem o insípido fundo, o desenho não ganha relevo.

Agora, outra vez, o desenho mudou. Esta não é a minha história, nem a de Isabella. É a história de John Gabriel.

A história termina aqui, onde eu a começo. Termina com John Gabriel. Mas também começa aqui.

Capítulo 1

Por onde começar? Por St. Loo? No comício em que o candidato do Partido Conservador, o condecorado major John Gabriel, depois de ser apresentado por um velho (bem velho) general, levantou-se e fez seu discurso, decepcionando um pouco a todos nós por conta da voz simples e monótona e do rosto feio? Isso nos levou a buscar ânimo na memória de sua valentia e na lembrança de que era preciso estabelecer contato com o povo – naquele tempo as elites eram tão ridiculamente pequenas!

Ou por Polnorth House, na sala comprida e baixa que se abria no jardim frontal com vista para o mar? Nos dias de sol, a cadeira de rodas era empurrada até o jardim, e eu ficava ali, admirando as ondas do Atlântico batendo com ímpeto nos rochedos. Dali eu também avistava, rompendo a linha do horizonte, o penhasco cinza-escuro onde se erguiam as ameias e as torrezinhas do castelo de St. Loo. Aquela imagem parecia, sempre tive a sensação, uma aquarela pintada por uma moça romântica por volta de 1860.

Pois o castelo de St. Loo tinha aquele ar falso e impostor de teatralidade, de romance espúrio, só transmitido por algo realmente autêntico. Foi erigido, sabe-se, quando a natureza humana era desinibida o suficiente para desfrutar do romantismo sem ter vergonha disso. O castelo sugere cercos, dragões, princesas cativas, cavaleiros em armaduras e todo o fausto de um filme histórico de má qualidade. Pensando bem, a História é exatamente isto: um filme B.

Quem olha para o castelo de St. Loo imagina-o habitado por gente como Lady St. Loo, Lady Tressilian, sra. Bigham Charteris e Isabella. E com espanto descobre: elas realmente moram ali!

Devo começar com a visita feita por aquelas três velhas damas de postura irretocável, roupas fora de moda e diamantes em armações antiquadas? Com a observação "Mas elas não podem, simplesmente não podem, ser *reais*!", que eu fiz a Teresa, com fascínio na voz?

Ou seria melhor iniciar um pouco antes? No instante, por exemplo, em que entrei no carro e dei a partida rumo ao aeroporto de Northolt para me encontrar com Jennifer?

Contudo, outra vez, por trás disso está a minha vida – que começara 38 anos antes e que terminou naquele dia...

* * *

Esta *não* é a minha história. Eu já disse isso antes. Mas começa como se fosse. Começa comigo, Hugh Norreys. Em retrospectiva, vejo uma vida muito parecida com qualquer outra. Nem mais nem menos interessante. Vida de inevitáveis desilusões e decepções, secretas angústias juvenis, mas também de empolgações, harmonias, satisfações intensas provocadas por motivos inusitadamente inadequados. Posso escolher sob qual ângulo vou focalizar minha vida – sob o ângulo da frustração ou do triunfo. Ambos são verídicos. É, no fim das contas, uma questão de escolha. Existe o Hugh Norreys visto por ele mesmo e existe o Hugh Norreys visto pelos outros. E deve existir também o Hugh Norreys visto por Deus. Deve existir o Hugh em sua essência. Porém, essa história apenas um anjo registrador poderia pôr no papel. Remete ao seguinte: o quanto eu conheço, hoje, sobre o jovem que embarcou no trem em Penzance, no começo de 1945, rumo a Londres? Até então, se me perguntassem, eu teria afirmado que, em linhas gerais, a vida tinha sido boa comigo. Eu apreciava minha profissão dos tempos de paz – professor de escola particular. Tive minhas experiências de guerra, e meu emprego na escola me aguardava. Isso sem falar na perspectiva de participar do negócio e, no futuro, chegar a diretor. Eu tive casos de amor que me magoaram, casos de amor que me satisfizeram, mas nada muito profundo. Tinha laços de família adequados, mas não muito íntimos. Aos 37 anos, naquele dia em especial, eu tinha a sensação de que algo aconteceria (na verdade, eu sentia isso há um bom tempo). Esperava algo... uma experiência, um acontecimento fora do comum...

Até ali, tudo em minha vida, tive a súbita impressão, havia sido superficial – agora eu esperava algo *verdadeiro*. Penso que todo mundo já sentiu isso alguma vez. Às vezes mais cedo, às vezes mais tarde. No futebol, equivale ao momento em que a bola está na marca do pênalti...

Embarquei no trem em Penzance e comprei um bilhete para o terceiro almoço (porque eu tinha terminado havia pouco um generoso café da manhã). Quando o cabineiro veio pelo corredor, gritando com voz anasalada: "Terceiro almoço. Bilhetes, por favooor...", eu me levantei e passei ao vagão-restaurante. Ele pegou meu bilhete e me indicou um lugar vazio, lá no fundo, perto da locomotiva, de frente para o lugar onde Jennifer estava sentada.

É assim que as coisas acontecem. A gente não consegue conceber nem planejar nada. Sentei à frente de Jennifer – e Jennifer chorava.

A princípio, não percebi. Ela fazia esforço para se controlar. Nenhum barulho, nenhum sinal exterior. Nossos olhares não se cruzaram; nós nos comportamos com o devido respeito às convenções que governam o encontro de estranhos no vagão-restaurante. Empurrei o cardápio na direção dela – ato cortês, mas sem sentido, pois só continha os dizeres: "Sopa; Peixe ou bife; Doce ou queijo".

Ela respondeu a meu gesto com um sorriso ritualístico de polidez e uma mesura de cabeça. O cabineiro perguntou-nos o que gostaríamos de beber. Ambos escolhemos cerveja clara.

Seguiu-se um silêncio. Folheei a revista que trazia. O cabineiro precipitou-se vagão adentro com pratos de sopa e repousou-os em nossa frente. Ainda na ânsia de mostrar cavalheirismo, empurrei o galheteiro três centímetros na direção de Jennifer. Até aquele instante, eu nem tinha olhado direito para ela – ou melhor, não a examinara com atenção. Mesmo assim, é claro, eu já percebera certos fatos básicos. Jovem, mas não muito; digamos que era um pouco mais nova do que eu. Estatura média, cabelos castanhos, classe social igual à minha. Atraente e agradável aos olhos, mas não a ponto de ser perturbadora.

Então me propus a observá-la com mais atenção. Caso me parecesse indicado, eu tentaria puxar conversa. Talvez.

De repente algo atrapalhou os meus cálculos. Meus olhos, passeando ao prato de sopa à frente dela, notaram que algo inesperado pingava dentro da sopa. Sem ruído, sem demonstração de mágoa, lágrimas escorriam pelo rosto dela e caíam no prato.

Fiquei atônito. Relanceei olhares rápidos e sub-reptícios. As lágrimas logo cessaram; ela conseguiu contê-las e começou a tomar a sopa. Sei que foi imperdoável, mas não resisti ao impulso de comentar:

– Está muito triste, não?

E ela respondeu com ferocidade:

– Sou uma idiota completa!

Nenhum de nós deu andamento à conversa. O cabineiro retirou os pratos de sopa. Colocou pedacinhos de torta de carne à nossa frente e serviu-nos porções de couve de uma travessa monstruosa. A isso acrescentou duas batatas assadas, com o ar de quem nos prestava um favor especial.

Olhei pela janela e fiz um comentário sobre a paisagem. Teci observações sobre a Cornualha. Eu disse que não conhecia muito bem a região. Ela conhecia? Respondeu que sim; havia morado lá. Comparamos a Cornualha com Devonshire, com o País de Gales e com a Costa Leste. A nossa conversa, em momento algum, teve outro propósito além de encobrir o fato de que ela se sentia culpada por derramar lágrimas em local público e de que eu me sentia culpado por ter percebido.

Só depois de o café estar servido à nossa frente e eu ter oferecido a ela um cigarro (que ela aceitou) é que voltamos ao ponto de partida.

Pedi desculpas por ter sido tão estúpido, mas não pude evitar. Ela disse que eu devia tê-la achado uma completa imbecil.

– Não – disse eu. – Achei que chegou ao limite de suas forças. Foi isso, não foi?

Ela confirmou que sim. E emendou com ímpeto:

– É humilhante chegar a esse ponto! É o cúmulo da pena de si mesmo nem se importar com o que fazemos ou com quem está nos vendo!

– Mas você *se importa*, sim. Você se esforçou muito para se controlar.

Ela retorquiu:

– Não cheguei a uivar, se é isso o que quer dizer.

Perguntei-lhe o quão sério era o problema.

Respondeu que era seriíssimo. Esgotara todas as alternativas e não sabia o que fazer.

Talvez eu já tivesse deduzido isso. Ela transmitia um tenso desespero. Decidi não deixá-la sair dali naquele estado. Sugeri:

– Vamos, conte-me o que é. Sou um estranho... não há problema em contar coisas a um estranho. Não faz diferença.

– Não há nada a contar, a não ser que eu fiz uma confusão danada e coloquei tudo a perder... *Tudo*.

Ponderei que provavelmente a situação não era assim tão má. Ela precisava, notei, de palavras tranquilizadoras. Precisava de vida nova, coragem nova – precisava levantar a cabeça naquele vale de resignação e sofrimento e se reerguer. Não tive a menor dúvida: eu era a pessoa mais qualificada para a tarefa... Sim, foi repentino assim.

Observou-me hesitante, como uma criança em dúvida. E então desabafou tudo.

Em meio ao desabafo, é claro, o cabineiro trouxe a conta. Na hora, fiquei contente por termos escolhido o terceiro almoço. Não seríamos enxotados do vagão-restaurante. Dei uma gorjeta de dez xelins, e ele se retirou com uma mesura discreta.

Continuei a escutar Jennifer.

A vida a tratou de modo severo e injusto. Ela enfrentou tudo com incrível coragem, mas sofreu uma série de reveses, um após o outro, e sua compleição física era frágil. Há muito tempo as coisas davam errado para ela – na infância, na adolescência, no casamento. A ternura e a impulsividade inerentes a ela sempre acabavam jogando-a no fosso. Não enveredou pelas rotas de fuga existentes – em vez disso, tentou fazer do limão uma limonada. A tentativa fracassou, e uma rota de fuga surgiu. Porém, a alternativa mostrou-se péssima, e ela acabou numa situação ainda pior.

Ela assumia a culpa por tudo o que havia acontecido. Meu coração se enterneceu ao perceber essa dócil característica da personalidade dela – não condenava ninguém, não sentia mágoa de ninguém.

– A culpa – repetiu melancólica – foi minha de certo modo...

Tive vontade de gritar: "Mas é claro que não foi culpa sua! Não enxerga que a vítima é você? E que sempre será a vítima enquanto adotar a postura fatal de assumir sozinha a culpa por tudo o que acontece?".

Sentada ali – mesmo aflita, infeliz e derrotada –, ela estava encantadora. Acho que naquele instante eu já sabia, observando-a do outro lado da estreita mesinha, o que afinal eu esperava: Jennifer... Não para tomar posse dela, mas para devolvê-la o domínio da vida, vê-la feliz e *inteira* de novo.

Sim, naquele instante eu já sabia... Mas só algumas semanas depois fui reconhecer que eu estava apaixonado por ela.

Sabe como é: além da paixão, havia tanta coisa envolvida.

Não planejamos nos encontrar outra vez. Acho que ela realmente acreditou que não nos veríamos de novo. Eu tinha certeza do contrário. Ela me dissera seu nome. Quando enfim saímos do vagão-restaurante, falou com doçura:

– Aqui nos despedimos. Mas, por favor, acredite, nunca vou esquecer o que fez por mim. Eu estava desesperada, completamente desesperada.

Segurei a mão dela e disse adeus – mas eu sabia que não era adeus. Eu tinha certeza de que, se ela me pedisse para não procurá-la, eu estaria disposto a concordar. Entretanto, quis o acaso que tivéssemos amigos em comum. Não contei a ela, mas seria fácil encontrá-la. O mais curioso de tudo era não termos nos conhecido antes.

Eu a encontrei de novo uma semana depois no coquetel de Caro Strangeways. E depois não pairou mais dúvida. Nós dois sabíamos o que acontecera conosco...

Nós nos encontrávamos, passávamos um tempo sem nos encontrarmos e nos encontrávamos de novo. Em festas, na casa dos outros, em restaurantes pequenos e silenciosos. Pegamos trens para o interior e caminhamos lado a lado num mundo que mais parecia uma neblina brilhante de felicidade ilusória. Fomos a um concerto assistir Elisabeth Schumann cantar: "Vagueando na trilha, vamos esquecer o mundo e sonhar; amor que o céu une, o mundo é incapaz de separar...".

Ao sair no burburinho da Wigmore Street, repeti as últimas palavras da canção de Strauss: "para sempre no amor e no êxtase..." e cravei meu olhar no dela.

Ela murmurou:

– Não para nós, Hugh...

E eu rebati:

– Sim, para nós...

Afinal, salientei, viveríamos juntos pelo resto de nossas vidas...

Ela explicou que não podia mandar tudo às favas. O marido, ela sabia, não aceitaria o pedido de divórcio.

– Mas ele seria capaz de pedir divórcio?

– Imagino que sim... Ah, Hugh, não podemos continuar como estamos?

Não, eu disse, não podíamos. Esperei um bom tempo; presenciei sua luta para reaver a saúde e o controle emocional. Não quis forçá-la a tomar decisões antes que ela voltasse a ser a criatura alegre, cheia de vida, que a natureza criara. Bem, eu conseguira. Ali estava ela, forte outra vez – mental e fisicamente. Hora de tomar uma decisão.

Não foi fácil. Ela levantou toda espécie de objeções estranhas, totalmente imprevisíveis. O principal motivo da relutância seria minha carreira. Seria um completo desastre para mim. Sim, eu disse, eu sabia muito bem. Pensei no assunto e não me importava. Eu era jovem – podia exercer outras profissões além de ser professor.

Então chorou e disse que nunca se perdoaria se arruinasse a minha vida. Respondi que só uma coisa conseguiria arruinar a minha vida: se ela me abandonasse. Sem ela, eu afirmei, minha vida estaria acabada.

Tivemos altos e baixos. Às vezes, ela aceitava meu ponto de vista; em outras, quando não estávamos mais juntos, recuava. Ela não tinha autoconfiança.

Porém, devagarinho, ela passou a compartilhar do meu modo de ver a situação. O que sentíamos não era mera paixão – era mais do que isso. Harmonia de ideias e devaneios – deleite na comunhão dos pensamentos. Dizer o que o outro pensava. Compartilhar mil e um pequenos prazeres.

Por fim, ela admitiu. Eu estava certo: pertencíamos um ao outro. Suas últimas resistências desabaram.

– É *verdade*! Ah, Hugh, nem sei como é possível. Como posso significar para você tudo o que você diz? Mas, no fundo, eu não duvido.

A coisa foi testada – e comprovada. Urdimos planos, os necessários planos práticos.

Numa fria e ensolarada manhã, acordei e me dei conta de que naquele dia começaria nossa vida nova. Dali em diante, Jennifer e eu estaríamos juntos. Só naquele despertar me permiti acreditar plenamente. Sempre tive medo de que ela desistisse por causa daquela estranha e mórbida desconfiança em si.

Até mesmo naquela manhã, a última da vida antiga, eu tive de me certificar. Liguei para ela.

– Jennifer...

– Hugh...

A voz macia estremeceu num frêmito... Era verdade. Eu disse:

– Perdoe-me, querida. Eu precisava ouvir a sua voz. É tudo verdade?

– É tudo verdade...

O encontro seria no aeroporto Northolt. Eu me vesti cantarolando e fiz a barba com capricho. No espelho vi um rosto quase irreconhecível de pura e tola felicidade. Aquele era o *meu* dia! O dia pelo qual eu tinha esperado 38 anos. Tomei o café da manhã, conferi as passagens e o passaporte. Desci até o carro. Harriman estava ao volante. Disse para ele que eu mesmo guiaria – ele podia se sentar no banco de trás.

Saí do bairro e peguei a rodovia. O carro serpenteou em meio ao tráfego. Eu tinha tempo de sobra. Manhã gloriosa – manhã adorável, criada especialmente para Hugh e Jennifer. Tive vontade de cantar e gritar.

O caminhão surgiu a oitenta quilômetros por hora da estrada secundária – não houve tempo de ver nem de evitar. Não agi com displicência, nem reagi de modo errado. O motorista do caminhão estava bêbado, depois me contaram. Faz tão pouca diferença *por que* uma coisa acontece!

Abalroou a lateral do Buick e o fez capotar. Fiquei preso nas ferragens. Harriman morreu.

Jennifer me esperou no aeroporto. O avião partiu sem mim...

Capítulo 2

Não há motivo para descrever o que aconteceu depois. Não houve, para começo de conversa, qualquer continuidade. Só tumulto, escuridão e dor... Vagueei interminavelmente por corredores compridos e subterrâneos. De vez em quando eu tinha a remota impressão de estar numa ala de hospital. Tinha consciência dos médicos, das enfermeiras de touca branca, do cheiro dos antissépticos, do brilho dos instrumentos de aço, do reluzir dos carrinhos de vidro empurrados com ímpeto para lá e para cá.

Aos poucos, a consciência foi retornando – menos confusão, menos dor... mas ainda sem pensar em pessoas ou lugares. O animal com dor só conhece a dor ou sua interrupção. Não se concentra em nada mais. Drogas embotam com piedade o sofrimento físico, mas confundem o intelecto e acentuam a impressão de caos.

No entanto, começaram a surgir intervalos de lucidez. Chegou o momento em que me informaram, com todas as letras, que eu sofrera um acidente.

Enfim a percepção me veio – a percepção de meu desamparo, de meu corpo destruído e soçobrado... Como homem, não havia mais vida para mim no meio dos homens.

Pessoas me visitavam – meu irmão, esquisito, calado, sem ter o que falar. Nunca fomos muito chegados. Eu não podia falar sobre Jennifer com ele.

Contudo, era em Jennifer que eu pensava. À medida que fui me recuperando, trouxeram-me cartas. Cartas de Jennifer...

Só meus parentes próximos recebiam permissão para me ver. Jennifer não tinha qualquer alegação a fazer, nenhum direito a pleitear. Para todos os efeitos, não passava de uma amiga.

Escreveu numa carta:

Não me deixam visitá-lo, meu querido Hugh. Vou aparecer assim que liberarem as visitas. Concentre-se na recuperação. Todo o meu amor, Jennifer.

E em outra:

Não se preocupe, Hugh. Você está vivo e nada mais importa. Só isso interessa. Em breve estaremos juntos – para sempre. Da sua, Jennifer.

Eu lhe escrevi – débeis rabiscos a lápis – pedindo que não viesse. Naquela situação, o que eu tinha a oferecer a ela?

Foi só depois de receber alta e me instalar na casa de meu irmão que eu revi Jennifer. Todas as suas cartas tinham o mesmo espírito. Nós nos amávamos! Mesmo que eu nunca me recuperasse, devíamos permanecer juntos. Ela cuidaria de mim. Ainda haveria felicidade – não a felicidade sonhada, mas, ainda assim, felicidade.

E, embora minha primeira reação tivesse sido cortar o mal pela raiz e dizer a Jennifer: "Vá embora e não me procure nunca mais", eu vacilei. Porque eu acreditava, assim como ela, que o nosso vínculo não era apenas carnal. Continuaríamos a desfrutar de todos os prazeres do companheirismo. Com certeza, seria melhor para ela ir embora e me esquecer... E se ela não fosse?

Demorou um bom tempo para que eu concordasse e a deixasse me visitar. Nós nos correspondíamos com frequência, e aquelas cartas trocadas eram verdadeiras cartas de amor. Em tom heroico e inspirador...

Enfim autorizei a visita...

E ela veio.

Não teve permissão de ficar muito tempo. Já sabíamos então, imagino eu, mas não o admitíamos. Ela veio uma segunda vez. E uma terceira. Depois disso, eu simplesmente não suportava mais. A terceira visita durou apenas dez minutos, mas me pareceu que havia transcorrido uma hora e meia! Mal pude acreditar quando relanceei o olhar ao relógio depois que ela saiu. Para ela também, eu não tinha dúvida, o tempo havia transcorrido muito devagar...

Não tínhamos nada a dizer um ao outro...

Simples assim...

Não havia, no fim das contas, mais nada ali.

Há amargura maior que a amargura da felicidade ilusória? Toda aquela comunhão cerebral, as ideias de um completando as do outro, a amizade, o companheirismo... ilusão – nada mais. Ilusão devido à atração entre homem e mulher. Enganação, o mais sublime e aguçado golpe da natureza. Entre mim e Jennifer só existira atração carnal – e assim se entreteceu toda a monstruosa trama da autoenganação. Paixão, nada além de paixão. A descoberta deixou-me envergonhado e amargurado. Cheguei quase ao ponto de odiar a ela e a mim. Desolados, nos entreolhamos – cada qual se perguntando que fim levara o milagre em que tanto acreditáramos.

Ela era jovem e bonita, eu reconhecia isso. Porém, quando falava me entediava. E eu a entediava. Não sentíamos prazer em conversar nem em trocar ideias.

Ela ainda se censurava por tudo. Antes não o fizesse. Parecia inútil e um tanto histérico. "Por que ela faz tanto estardalhaço?", pensei.

Ao fim da terceira vez, ela disse com o seu jeito perseverante e animado:

– Logo virei visitá-lo de novo, Hugh querido.

– Não – eu pedi. – Não venha.

– Mas é claro que virei – reiterou ela, mas sua voz soou vazia e falsa.

Falei furioso:

– Pelo amor de Deus, chega de fingir, Jennifer. Acabou, acabou tudo.

Ela disse que não tinha acabado, que não sabia o que eu queria dizer. Passaria a vida cuidando de mim, afirmou, e seríamos muito felizes. Estava decidida a se autoimolar, e isso me deixou indignado. Tive medo também de que ela cumprisse o que dizia. Imaginei-a sempre ali, tagarelando, tentando parecer simpática, fazendo comentários animados e tolos... Entrei em pânico – um pânico nascido da fraqueza e da doença.

Gritei que fosse embora – *embora*. Ela se foi com ar assustado, mas vislumbrei alívio nos seus olhos.

Quando minha cunhada entrou para fechar as cortinas, comentei:

– Acabou, Teresa. Ela foi embora... embora... Não volta mais, volta?

Teresa disse com sua voz serena:

– Não, ela não volta mais.

– Teresa – perguntei –, você acha que é a minha condição física que me faz enxergar as coisas... distorcidas?

Teresa entendeu aonde eu queria chegar. Disse que, na opinião dela, uma condição como a minha tende a fazer a pessoa enxergar as coisas como realmente são.

– Quer dizer que agora enxergo Jennifer como ela realmente é?

Teresa disse que não era bem isso o que queria dizer. Era provável que a minha capacidade de avaliar Jennifer não tivesse melhorado nem piorado com o acidente. Contudo, agora eu sabia exatamente o efeito que Jennifer exercia em *mim*, sem a impressão de estar apaixonado por ela.

Perguntei o que ela achava de Jennifer.

Respondeu que sempre achara Jennifer atraente, bonita e nada interessante.

– Acha que ela é muito infeliz, Teresa? – perguntei morbidamente.

– Sim, Hugh, eu acho.

– Por minha causa?

– Não, por causa dela.

Eu disse:

– Ela se culpa pelo meu acidente. Diz que, se eu não tivesse ido ao encontro *dela*, o acidente nunca teria acontecido. É tudo tão *estúpido*!

– É mesmo.

– Teresa, não quero que ela se incomode com isso. Não quero vê-la infeliz.

– Ora, Hugh – retorquiu Teresa. – Cada um, cada um!

– O que você quer dizer com isso?

– Ela *gosta* de ser infeliz. Não percebeu isso ainda?

A fria clareza de raciocínio de minha cunhada é no mínimo desconcertante.

Respondi que era ignóbil falar uma coisa dessas.

Pensativa, Teresa disse que talvez sim, mas agora não fazia muita diferença.

– Não precisa mais imaginar contos de fada. Jennifer sempre amou sentar e ficar pensando em como tudo deu errado. Rumina o assunto e então se consome por dentro... Mas, se ela gosta de viver assim, por que interferir? – indagou Teresa. E acrescentou: – Sabe, Hugh, a gente não pode sentir pena da pessoa a menos que nela exista autocomiseração. A pessoa tem que sentir pena de si antes de sentirmos pena dela. Sua maior fraqueza, Hugh, sempre foi a compaixão. Por causa dela, não enxerga as coisas direito.

Senti uma satisfação momentânea ao acusar Teresa de ser odiosa. Ela disse que provavelmente era mesmo.

– Nunca tem pena de ninguém.

– Tenho, sim. De certo modo, tenho pena de Jennifer.

– E de mim?

– Não sei, Hugh.

Completei de modo sarcástico:

– O fato de eu estar aleijado e mutilado, sem motivação alguma para viver, não a afeta em nada?

– Não sei se sinto pena de você ou não. A sua invalidez significa que você vai começar a vida de novo, vivendo-a sob um prisma inteiramente distinto. Isso pode ser muito interessante.

Eu disse a Teresa que ela era cruel, e ela se retirou com um sorriso nos lábios.

Ela me fez um bem danado.

Capítulo 3

Pouco depois nos mudamos para St. Loo, na Cornualha. Teresa havia acabado de receber de herança a casa de uma tia-avó. O médico recomendou minha saída de Londres. Meu irmão Robert é pintor e, na opinião de muita gente, tem uma visão deturpada das paisagens. Seu serviço durante a guerra, como o da maioria dos artistas, foi agrícola. De modo que a mudança veio bem a calhar para todos.

Teresa viajou a St. Loo e deixou a casa pronta. Consegui preencher muitos formulários e fui levado para lá numa ambulância especial.

– Como são as coisas por aqui? – indaguei a Teresa na manhã seguinte.

Bem-informada, Teresa explicou que ali havia três mundos distintos. A velha aldeia dos pescadores, com as casas altas, cobertas por telhas de ardósia, agrupadas na enseada, e as placas em flamengo, francês e inglês, é claro. Além desse ponto, espraiando-se pela costa, ficava a moderna excrescência turística e residencial. Amplos hotéis de luxo, inúmeros bangalozinhos, incontáveis pousadas – no verão, tudo muito ativo e movimentado; no inverno, era bastante tranquilo. Em terceiro lugar, havia o castelo de St. Loo, regido pela velha e respeitável Lady St. Loo, o núcleo de ainda outro modo de vida, cujas ramificações estendiam-se por aleias serpeantes até casas despercebidas em vales pacatos com igrejas antigas. Em outras palavras, disse Teresa, o condado.

– E nós, onde é que estamos? – indaguei.

Teresa disse que também éramos do "condado", pois Polnorth House pertencera à tia-avó dela, a srta.

Amy Tregellis, e passara às mãos dela por herança e não por compra. Por isso, fazíamos parte do condado.

– Até Robert? – perguntei. – Mesmo ele sendo pintor?

Esse detalhe, admitiu Teresa, teria resistência em ser aceito. Havia pintores demais em St. Loo nos meses de verão.

– Mas ele é meu marido – falou Teresa em alto e bom som. – E, além disso, a mãe dele era uma Bolduro com raízes em Bodmin, aqui da Cornualha.

Então incitei Teresa a nos contar o que faríamos na casa nova – ou melhor, o que ela faria. O meu papel estava claro. Eu seria o observador.

Teresa disse que participaria de todas as atividades locais.

– Tais como?

Teresa respondeu que basicamente política e jardinagem, com uma pitada de Instituto Feminino e causas nobres, como dar boas-vindas a soldados no retorno ao lar.

– Mas principalmente política – explicou. – Afinal, a eleição está logo aí.

– Alguma vez a política despertou seu interesse, Teresa?

– Não, Hugh, nunca. Sempre me pareceu desnecessário. Só me limito a votar no candidato menos propenso a causar danos.

– Critério louvável – murmurei.

Mas agora, Teresa ponderou, ela se esforçaria ao máximo para levar a política a sério. Ela teria que ser, é claro, do Partido Conservador. Nenhum dono de Polnorth House poderia ter outra posição política, e a finada srta. Amy Tregellis viraria no túmulo se a sobrinha e herdeira de seus tesouros votasse no Partido Trabalhista.

– Mas e se você acreditasse que o Partido Trabalhista fosse o melhor?

– Não acredito – vaticinou Teresa. – Não há o que escolher entre os dois.

– Nada pode ser mais justo do que isso – comentei.

Quinze dias após a mudança para Polnorth House, Lady St. Loo apareceu para uma visita.

Trouxe a irmã (Lady Tressilian), a cunhada (sra. Bigham Chartheris) e a neta (Isabella).

Quando foram embora, comentei com Teresa, numa voz fascinada, que elas não podiam ser reais.

Tinham o perfil exato de quem mora no castelo de St. Loo. Pareciam ter saído de um conto de fadas chamado "As três bruxas e a donzela encantada".

Adelaide St. Loo era a viúva do sétimo barão. O marido havia sido morto na Guerra dos Bôeres. Os dois filhos, mortos na Primeira Guerra Mundial, não geraram filhos varões. O mais novo, porém, teve uma filha, Isabella, cuja mãe morrera no parto. O título honorífico passou a um primo que residia na Nova Zelândia. Era uma satisfação para o nono Lorde St. Loo alugar o castelo para a velha viúva. Isabella foi criada ali, sob a tutela das guardiãs: a avó e as duas tias-avós. A irmã de Lady St. Loo, Lady Tressilian (já viúva), e a sua cunhada, a sra. Bigham Charteris (também viúva), vieram morar no castelo. Dividiam as despesas, o que tornou possível que Isabella fosse criada no que as velhas damas consideravam o seu legítimo lar. O aspecto das três septuagenárias lembrava o de três corvos, cada qual a seu jeito. Lady St. Loo, de rosto amplo e ossudo, nariz adunco e testa alta. Lady Tressilian, de corpo roliço e rosto arredondado, no qual cintilavam dois pequenos olhos sorridentes. E a sra. Bigham Charteris, magricela e coriácea. Havia na aparência das três uma aura eduardiana – como se o tempo tivesse parado para elas. Usavam joias meio sujas, inegavelmente genuínas, fixadas em locais improváveis – não muita coisa. Em geral no formato de meia-lua, ferradura ou estrela.

Assim eram as três velhas damas do castelo de St. Loo. Com elas veio Isabella – perfeita representante das donzelas encantadas. Alta, longilínea, rosto esguio, testa longa e cabelo loiro-acinzentado de corte reto na altura dos ombros. Parecia-se incrivelmente com uma figura de vitrais primitivos. Não podia ser classificada como realmente bonita, nem atraente, mas algo nela quase podia ser chamado de beleza – uma beleza de épocas remotas, distante, definitivamente distante, da ideia moderna de beleza. Nela não havia a animação, nem o fascínio da cor, tampouco a irregularidade nos traços. Sua beleza era a beleza severa da boa estrutura – da boa constituição óssea. Parecia medieval, austera e sóbria. Contudo, o rosto não era banal; tinha o que eu descreveria como nobreza.

Depois de comentar com Teresa que as velhas senhoras não eram reais, acrescentei que a moça também não era real.

– A princesa aprisionada no castelo em ruínas? – sugeriu Teresa.

– Exato. Ela devia ter vindo num cavalo branco e não num velho Daimler. – E acrescentei com ar curioso: – Fico me perguntando o que ela pensa disso.

Pois Isabella quase não abrira a boca na visita oficial. Sentou-se com a postura ereta, o sorriso doce e longínquo. Respondeu com polidez sempre que alguém lhe dirigiu a palavra, mas não precisou conversar, já que a avó e as tias monopolizaram a conversa. Eu me perguntei se a visita a deixara entediada ou interessada pelo fato de uma novidade surgir em St. Loo. Sua vida, pensei, devia ser bastante sem graça.

Indaguei com curiosidade:

— Ela não recebeu convocação durante a guerra? Ficou em casa o tempo todo?

— Tem só dezenove anos. É motorista da Cruz Vermelha desde que voltou do colégio.

— Colégio? – perguntei com espanto. – Quer dizer que ela frequentou o colégio? Em regime de internato?

— Sim. O St. Ninian's.

Fiquei mais surpreso ainda. Afinal, o St. Ninian's é caro e moderno – um colégio só para moças. Nem de longe excêntrico, mas orgulhoso de sua abordagem de vanguarda. Bem diferente dos colégios em voga para moças de sociedade.

— Acha isso estarrecedor? – indagou Teresa.

— Acho sim – respondi devagar. – Aquela moça nos dá a impressão de nunca ter saído de casa, de ter sido criada num ambiente ultrapassado e medieval, completamente fora de sintonia com o século XX.

Pensativa, Teresa assentiu com a cabeça e disse:

— Sim. Sei o que você quer dizer.

Meu irmão Robert entrou na conversa. Aquilo só mostrava, disse ele, como o único ambiente que importava era o ambiente familiar – e as tendências hereditárias.

— Eu gostaria – mencionei interessado – de saber o que ela pensa a respeito...

— Talvez – disse Teresa – ela não pense.

Ri da sugestão de Teresa, mas continuei a imaginar o que se passava na cabeça daquela moça de poucas palavras.

Naquela época, eu padecia de uma autoconsciência quase mórbida de minha própria condição. Sempre fora saudável e atlético – não gostava de deficiências nem de deformidades, sequer reparava nessas coisas. Eu era capaz de sentir pena, sim, mas sempre associada a certa repulsa.

Agora eu era motivo de pena e de repulsa. Um inválido, um aleijão de membros retorcidos, preso à cadeira de rodas – com uma manta no colo.

Com a sensibilidade à flor da pele, eu esperava, encolhido, pela reação de cada pessoa a meu estado. Seja lá qual fosse a reação, sempre me perturbava. O olhar bondoso e complacente era horrível para mim. Não menos horrível era a óbvia diplomacia que se propunha a fingir que eu era uma pessoa inteiramente normal, que o visitante não havia percebido nada fora do comum. Não fosse a vontade férrea de Teresa, eu teria me isolado sem ver ninguém. Mas Teresa, quando encasqueta com alguma coisa, não é fácil de resistir. Enfiou na cabeça que eu não me tornaria um recluso. Deu um jeito (sem o auxílio da palavra falada) de sugerir que me isolar só criaria mistério sobre a minha pessoa. Uma espécie de autopromoção. Percebi a manobra dela e o porquê da manobra, mas respondi à altura. Sombriamente decidi mostrar que eu podia suportar o que fosse! Pena, diplomacia, bondade extra na voz, fuga escrupulosa a qualquer referência a acidentes ou doenças, fingimento de que eu era igual aos outros homens – aguentei tudo com a fisionomia inexpressiva.

Não julguei tão constrangedora assim a reação das velhas damas ao meu estado. Lady St. Loo seguiu a estratégia de evasão diplomática. Lady Tressilian, um tipo superprotetor, não teve como evitar e transpirou compaixão maternal. De modo bastante óbvio, direcionou a conversa para os mais recentes lançamentos literários. Chegou até mesmo a perguntar se eu não fazia resenhas. A sra. Bigham Charteris, um tipo insensível, mostrou notar a minha condição quando nitidamente repreendeu-se ao começar a falar em esportes mais sangrentos e dinâmicos. (Pobrezinho, é melhor não mencionar caça à raposa nem perseguição de coelhos com beagles.)

Só a moça, Isabella, surpreendeu-me pela naturalidade. Fitou-me sem menção alguma de desviar o olhar com rapidez. Fitou-me como se inventariasse um item entre os ocupantes da sala e a mobília. *Sexo masculino, acima dos trinta, deficiente...* Um item num catálogo – um catálogo de coisas que não tinham nenhuma relação com ela.

Quando parou de me perscrutar, o olhar dela migrou ao piano de cauda e depois ao cavalo Tang que se equilibrava solitário em cima da mesa. O cavalo Tang pareceu despertar-lhe certo interesse. Ela me perguntou do que se tratava. Expliquei.

– Gosta? – perguntei.

Ela pensou com cuidado antes de se manifestar. Então respondeu, dando ao monossílabo um peso considerável, como se tivesse importância:

– Sim.

Fiquei imaginando se ela não era meio retardada.

Indaguei se ela gostava de cavalos.

Ela disse que aquele era o primeiro que tinha visto.

– Não – eu disse. – Eu me refiro a cavalos de verdade.

– Ah, sei. Sim, eu gosto. Mas participar de caçadas custa caro.

– Gostaria de participar?

– Não muito. Por aqui a paisagem campestre não é muito boa para isso.

Perguntei se ela já havia velejado, e ela respondeu que sim. Então Lady Tressilian começou a falar comigo sobre livros, e Isabella mergulhou no silêncio. Percebi que ela dominava uma arte como ninguém: a arte de ficar parada. Mantinha-se quieta e imóvel. Não fumava, não cruzava nem balançava as pernas, não remexia as mãos, não passava a mão no cabelo. Sentava-se plácida e ereta na poltrona alta, com as mãos no colo – mãos finas e compridas. Tão imóvel quanto o cavalo Tang – ele na mesa, ela na poltrona. Ela e o cavalo tinham, pensei comigo, uma qualidade semelhante, altamente decorativa, estática, pertencente a eras passadas...

Ri quando Teresa sugeriu que Isabella não pensava, mas depois me ocorreu que poderia ser verdade. Animais não pensam – seus cérebros ficam relaxados e passivos até surgir uma emergência. Pensar (no sentido de raciocinar) é, sem dúvida, um processo altamente artificial que aprendemos a empregar com certo esforço. Preocupamo-nos com o que fizemos ontem, debatemos o que vamos fazer hoje e o que vai acontecer amanhã. Mas ontem, hoje e amanhã existem independentemente de nosso raciocínio. Aconteceram e vão acontecer conosco, não importa o que façamos a respeito.

Os prognósticos de Teresa sobre a nossa rotina em St. Loo provaram-se singularmente precisos. Quase de imediato fomos levados pelo roldão da política. Polnorth House era incoerente em sua arquitetura interna. A srta. Amy Tregellis, com a renda minguada pela alta carga de impostos, interditara uma ala da casa e mandara instalar ali uma cozinha. A ideia original era abrigar famílias refugiadas das áreas sob bombardeio. Porém, as refugiadas, donas de casa chegando de Londres em pleno inverno, não aguentaram os horrores de Polnorth House. No centro de St. Loo, em meio às lojas e aos bangalôs, talvez tolerassem a vida local. No entanto, ficar a dois quilômetros do vilarejo foi demais. Comentaram em seu sotaque: "Que estradinha mais sinuosa e lamacenta. Sobra barro e falta luz... Dá a impressão de que a qualquer momento alguém vai pular em cima da gente por cima da cerca viva. E dê-lhe barro em cima das verduras nas hortas. E muita coisa verde. E leite! Leite quente jorrando direto da vaca, ai, que nojo! E leite condensado, que é bom, nem uma lata se consegue!". Aquilo foi demais para a sra. Price, a sra. Hardy e a prole de ambas. Partiram secretamente ao alvorecer levando os pimpolhos de volta aos perigos londrinos. Mulheres decentes. Deixaram o local brilhando de limpo e um bilhete na mesa.

Muito obrigada, senhorita, por sua bondade. Sabemos que a senhorita fez tudo a seu alcance, mas a vida longe da capital é tão horrível, e as crianças se atolam no barro para chegar à escola. Mas obrigada assim mesmo. Acho que deixamos tudo em ordem.

O oficial de aquartelamento (que esperava os refugiados na estação e as encaminhava às residências) não tentou outra vez. Sábia decisão. No tempo devido, a srta. Tregellis cedeu a ala separada ao capitão Carslake, o representante local do Partido Conservador, que também acumulava as funções de guardião de Ataques Aéreos e oficial dos Voluntários da Defesa Local.

Era do total interesse de Robert e Teresa que os Carslake permanecessem como inquilinos. Na verdade, era de se duvidar que fossem capazes de tirá-los. Contudo, a presença deles significava uma grande atividade pré-eleitoral em torno de Polnorth House, espécie de extensão da sede do Partido Conservador na High Street em St. Loo.

Teresa, como ela previra, foi tragada pelo redemoinho. Guiou carros, distribuiu panfletos e chegou até mesmo a arriscar tentativas tímidas de angariar votos. A recente história política de St. Loo era instável. Era natural que um balneário da moda sobreposto a um porto de pesca com arredores agrícolas sempre elegesse um conservador ao parlamento. Distritos agrícolas longe dos grandes centros tendem a ter espírito conservador, mas o perfil de St. Loo mudara nos últimos quinze anos. Tornara-se um resort turístico, repleto de pousadas no verão. Uma vasta colônia de bangalôs de artistas espalhava-se como urticária pelas bordas das falésias. A atual população era séria, ligada às artes e à cultura e, em se tratando de política, se não vermelha, definitivamente rosa.

Em 1943, por conta de aposentadoria de sir George Borrodaile – devido ao segundo acidente vascular cerebral aos 69 anos de idade –, aconteceu uma eleição extraordinária. E, para deixar os velhos habitantes escandalizados, pela primeira vez na história um deputado trabalhista ganhou naquela comarca eleitoral.

– Pois é – falou o capitão Carslake, balançando os calcanhares enquanto fazia um panorama da política local para Teresa e para mim. – Ninguém pode dizer que não tivemos culpa.

Carslake – homenzinho magro, de cabelos pretos e olhos atentos quase furtivos – tornou-se capitão ao servir ao exército em 1918. Político hábil, conhecia o metiê.

O leitor tem de entender que sou um novato em política – nunca entendi direito o jargão. É bem provável que o meu relato da eleição de St. Loo seja bastante vago. Tem a mesma relação com a realidade que as árvores dos quadros de Robert têm com as árvores que ele porventura está pintando. As árvores reais são seres com cascas, galhos, folhas, nozes e castanhas. As árvores de Robert são manchas e borrões de óleo sobre tela; espessas camadas de tinta aplicadas em certo padrão, em cores extravagantes e surpreendentes. As duas coisas têm escassa semelhança. As árvores de Robert nem são reconhecíveis como árvores – passam facilmente por travessas de espinafre ou por uma usina de gás, mas são a *ideia* que Robert tem das árvores. E meu relato sobre a política em St. Loo é a impressão que eu tenho de uma eleição. É provável que um político não o reconheça como tal. Vou utilizar termos inadequados e me confundir ao descrever os fatos. Contudo, para mim, a eleição foi apenas o irrelevante e desordenado pano de fundo para um vulto em tamanho natural: John Gabriel.

Capítulo 4

A primeira menção a John Gabriel aconteceu no anoitecer em que Carslake explicava a Teresa que, no resultado da eleição extraordinária, os conservadores bem que tiveram sua dose de culpa.

Sir James Bradwell, de Torington Park, havia sido o candidato do Partido Conservador. Morador do distrito, bem-sucedido, tóri convicto com sólidos princípios cultivados ao longo de 62 anos de idade. Apesar do caráter íntegro, faltavam-lhe centelha intelectual e reações rápidas – não tinha desenvoltura para falar em público e atrapalhava-se quando lhe faziam perguntas.

– Deplorável no palanque – disse Carslake. – Deplorável é apelido. Hum... Hã... A-ham... Gaguejar é com ele mesmo. Nós escrevíamos os discursos, é claro, e trazíamos um bom orador da capital para os comícios mais importantes. Há dez anos teria funcionado. Bom, honesto e incorruptível. Um cavalheiro. Porém, hoje o pessoal quer mais!

– Quer inteligência? – sugeri.

Carslake pareceu não dar muito valor à inteligência.

– Querem um sujeito matreiro, manhoso, com as respostas na ponta da língua e que saiba arrancar risadas da plateia. E, é evidente, alguém capaz de prometer mundos e fundos. Um cidadão antiquado como Bradwell é muito escrupuloso para fazer esse tipo de coisa. Não diz que todos vão ter casa própria, que a guerra vai terminar amanhã, nem que toda dona de casa vai ter aquecimento central e máquina de lavar.

Fez uma pausa e prosseguiu:

– É óbvio que o pêndulo já tinha começado a balançar. Há muito tempo dominávamos o cenário político. O eleitor ansiava por mudanças. O concorrente, Wilbraham, era competente, honesto, um professor reformado do Exército por invalidez. Nos discursos, garganteava bastante sobre recompensar os alistados em seu retorno... E batia com fervor na tecla da nacionalização e dos planos de saúde. Em outras palavras, soube explorar bem suas ideias. Elegeu-se com mais de 2 mil votos de diferença. É a primeira vez que isso acontece em St. Loo. Ficamos todos abalados, você nem imagina. Agora temos que nos recuperar. Temos que desbancar Wilbraham.

– Ele é popular?

– Mais ou menos. Não injeta muito dinheiro nas bases, mas é consciencioso e simpático. Não vai ser fácil vencê-lo. Teremos de nos superar pelo país afora.

– Acredita que o Partido Trabalhista tenha chances de vencer?

Antes da eleição de 1945, éramos incrédulos quanto a essa possibilidade.

Carslake respondeu que era evidente que os trabalhistas não venceriam – o condado em peso apoiava Churchill.

– Mas no país não teremos a mesma maioria. Vai depender, é claro, de como se comportará o voto dos liberais. Cá entre nós, sra. Norreys, não me surpreenderá nem um pouco se houver um aumento considerável nos votos liberais.

Olhei de soslaio para Teresa. Ela tentava assumir a expressão de uma pessoa politicamente centrada.

– Com certeza, a senhora vai nos ajudar muito – falou Carslake com entusiasmo.

Teresa murmurou:

– Receio não ser tão apaixonada assim por política.

Carslake disse com vivacidade:

– Todos terão de trabalhar duro.

Olhou-me de modo perspicaz. Na mesma hora me ofereci para sobrescritar envelopes.

– Ainda tenho o domínio de meus braços – eu disse.

De imediato ele pareceu constrangido e começou a agitar os tornozelos de novo.

– Excelente – disse ele. – Excelente. Onde foi? Norte da África?

Respondi que foi na Harrow Road. Aquilo acabou com ele. Seu constrangimento foi tão intenso que chegou a contagiar.

Agarrando-se em qualquer coisa no desespero, recorreu à Teresa.

– E seu marido – indaguou –, será que vai nos ajudar?

Teresa meneou a cabeça.

– Receio – respondeu ela – que ele seja comunista.

Nem se ela tivesse dito que Robert era uma serpente africana Carslake teria ficado tão aborrecido. Chegou até mesmo a estremecer.

– Sabe – esclareceu Teresa –, ele é artista.

Carslake animou-se um pouco mais. Artistas, escritores, esse tipo de gente...

– Entendo – disse com espírito tolerante. – Sim, entendo.

– Então, Robert vai ficar fora disso – explicou Teresa mais tarde.

Comentei que ela não tinha escrúpulos.

Quando Robert chegou, Teresa fez questão de informá-lo sobre suas convicções políticas.

– Mas eu nunca fui membro do Partido Comunista – protestou. – Quero dizer, as ideias deles até que me agradam. A ideologia como um todo parece correta.

– Exato – disse Teresa. – Foi o que eu disse a Carslake. E, de vez em quando, vamos deixar um livro do

Karl Marx aberto no braço de sua poltrona. Assim você terá certeza de que Carslake não lhe vai pedir nenhuma ajuda.

– Em tese a ideia é boa, Teresa – falou Robert de modo cético. – Porém, supondo que o outro lado me procure...

Teresa serenou-o.

– Não vão procurará-lo. Até onde a minha percepção alcança, os comunistas assustam mais os trabalhistas do que os tóris.

– Fico imaginando – comentei – qual é o estilo de nosso candidato.

Afinal, Carslake demonstrara-se um tanto evasivo em relação a isso.

Teresa indagara-lhe se sir James concorreria de novo, e Carslake respondera balançando a cabeça negativamente.

– Não, desta vez não. Temos de entrar na briga para valer. Mas não sei como o eleitor vai reagir. – E acrescentou um tanto perturbado: – Ele não é natural da região.

– Quem é ele?

– Um certo major Gabriel. Condecorado com a Cruz Vitória.

– Nesta guerra ou na outra?

– Ah, nesta. É um sujeito bastante jovem, com 34 anos. Sensacional currículo de serviços prestados na guerra. Condecorado por "frieza, heroísmo e responsabilidade ímpares". Estava no comando de uma posição de metralhadora sob constante fogo inimigo no ataque em Salerno. Todos os seus comandados foram abatidos, à exceção de um, gravemente ferido. Também ferido, Gabriel sustentou sozinho a posição até acabar a munição. Então recuou à posição principal, matou vários inimigos com granadas e arrastou o soldado sobrevivente para um local seguro. Que tal? Infelizmente, o porte físico não chama atenção... Miúdo e insignificante.

– Como ele se sai no teste do palanque? – perguntei.

Um sorriso iluminou o rosto de Carslake.

– Ah, ele se sai bem. É, sem sombra de dúvida, esperto, se é que me entende. Rápido como um relâmpago. Também tem boas tiradas de improviso. Sabe como é, abusa um pouco dos clichês... – Por um instante, o rosto de Carslake deixou transparecer uma nítida repugnância. Ele era um verdadeiro conservador, percebi. Preferia o tédio intenso ao divertimento insolente. – Mas funciona... Ah, sim, e como funciona.

E acrescentou:

– É claro, ele não tem origem...

– Ah, ele não é da Cornualha? – indaguei. – De onde vem?

– Para falar a verdade, não tenho a mínima ideia... Não vem de um lugar específico, se é que me entende. Melhor não entrarmos nesse detalhe. Focar o ângulo da guerra, os feitos corajosos e tudo mais. Representa o homem do povo, sabe... O inglês simples. Não é o perfil de costume, é verdade... – ponderou sem esconder a tristeza. – Receio que Lady St. Loo não o aprove.

Teresa perguntou com delicadeza que importância tinha a aprovação de Lady St. Loo. Revelou-se muito importante. Lady St. Loo era a líder da Associação das Mulheres Conservadoras, e as mulheres conservadoras tinham poder em St. Loo. Resolviam, providenciavam e administravam toda sorte de coisas. Tinham – ao menos foi o que disse Carslake – grande influência sobre o voto feminino. E o voto feminino, frisou ele, sempre era uma incógnita.

Então ele se animou um pouco:

– Esse é um dos motivos que me deixa otimista quanto a Gabriel – comentou. – Ele sabe conquistar as mulheres.

– Mas não vai conquistar Lady St. Loo?

Lady St. Loo, contou Carslake, demosntrou bastante flexibilidade... Reconheceu com franqueza o fato de ser antiquada. Porém, estava disposta a apoiar de corpo e alma tudo o que o partido julgasse necessário.

– Afinal de contas – explicou Carslake com uma ponta de tristeza na voz –, os tempos mudaram. Costumávamos ter cavalheiros na política. Agora se pode contá-los nos dedos. Eu gostaria que esse moço fosse um cavalheiro, mas não é. A verdade é essa. Se não podemos ter um cavalheiro, imagino que a segunda melhor opção seja um herói.

Afirmação quase satírica, comentei com Teresa depois de ele sair.

Teresa sorriu e disse que sentia pena do major Gabriel.

– Como você acha que ele é? – ela perguntou. – Um desastre?

– Não, acho que é um bom sujeito.

– Só porque ganhou a Cruz Vitória?

– Meu bom Deus, nada disso. Você pode receber uma condecoração apenas por ser estouvado... Ou até mesmo por ser burro. Conta-se que o velho Freddy Elton ganhou a Cruz Vitória por burrice. Não percebeu a hora de recuar de uma posição avançada. Sustentou a posição mesmo com chances de êxito quase ridículas. Na verdade, ele nem imaginava, mas todos já tinham batido em retirada.

– Não seja patético, Hugh. Por que você acha que esse tal Gabriel deve ser um bom sujeito?

– É simples: porque o Carslake não gosta dele. Se o Gabriel fosse um almofadinha, ele gostaria.

– Em outras palavras, você não gosta do coitado do capitão Carslake!

– Coitado uma ova. Carslake gosta da função dele como as traças gostam de tecido. E que função!

– É menos nobre do que outras funções? É trabalho pesado.

– Sim, é verdade. Porém, se você passa a vida toda calculando que efeito *isso* vai ter *naquilo*, vai acabar sem saber o que isso e aquilo são realmente.

– Alienação?

– Sim. E, no frigir dos ovos, política não é isso? No que o povo vai acreditar? Quem o povo vai apoiar? O que o povo vai ser levado a pensar? Nunca fatos nus e crus.

– Ah! – exclamou Teresa. – Eu é que estou certa em não levar política a sério.

– Você sempre está certa, Teresa – retorqui e atirei um beijo a ela.

* * *

Só fui conhecer o candidato conservador no grande comício em Drill Hall.

Teresa conseguira para mim um tipo moderno de cadeira de rodas reclinável. Eu podia ser conduzido à frente da casa e ficar ali, no jardim ensolarado, abrigado do vento. Então, à medida que me acostumei e senti menos dor com o movimento da cadeira, explorei novos terrenos. De vez em quando eu era levado até St. Loo. O comício em Drill Hall seria à tarde, e Teresa fez com que eu marcasse presença. Eu me divertiria, garantiu. Respondi que ela tinha ideias curiosas sobre o que é divertimento.

– Espere para ver – acrescentou Teresa. – Vai se divertir muito ao ver todo mundo se levando tão a sério. Sem falar que – prosseguiu – vou estrear o meu chapéu.

Teresa, que só usa chapéu quando vai a casamentos, fizera uma expedição a Londres e voltara com o tipo de chapéu adequado, segundo ela, a mulheres conservadoras.

– E o que vem a ser – inquiri – um chapéu adequado a mulheres conservadoras?

Teresa respondeu com detalhes.

Deve, realçou ela, ser um chapéu de bom material, não fora de moda, mas também não muito moderno. Deve encaixar-se bem na cabeça e não deve transparecer frivolidade.

Então apresentou o chapéu. Sem dúvida, com todas as características preconizadas por ela.

Pôs o chapéu. Robert e eu aplaudimos.

– É perfeito, Teresa – parabenizou Robert. – Com ele você fica com uma aparência honesta, de alguém com objetivo na vida.

O leitor vai entender, portanto, que a vontade de ver Teresa com o chapéu em pleno palanque atraiu-me de forma irresistível ao Drill Hall naquela tarde de céu extraordinariamente azul.

O Drill Hall estava apinhado de pessoas maduras, de aspecto próspero. Toda e qualquer pessoa com menos de quarenta anos (sabiamente, a meu ver) estava desfrutando dos prazeres do litoral. Enquanto o escoteiro empurrava minha cadeira de rodas até uma posição confortável, junto à parede e perto da fileira da frente, ponderei comigo sobre a utilidade desses comícios. Sem dúvida, todo mundo naquele salão já sabia em quem votaria. Na mesma hora, nossos opositores promoviam um comício na Escola das Meninas. Era presumível que o comício deles também estivesse lotado de leais simpatizantes. Como, então, a opinião pública era influenciada? Caminhões com alto-falantes? Comícios em praça pública?

Minhas reflexões foram interrompidas pelo andar arrastado de um pequeno grupo de pessoas subindo ao palanque, o qual, até então, nada tinha além de cadeiras, uma mesa e um copo d'água.

Cochicharam, gesticularam e, por fim, acomodaram-se em seus respectivos lugares. Teresa e seu chapéu foram relegados à segunda fileira, junto com as personalidades menos conhecidas.

O presidente local do partido, vários cavalheiros idosos e titubeantes, o emissário da capital, Lady St. Loo, outras duas mulheres e o candidato sentaram-se na fila da frente.

O presidente começou a falar com voz trêmula e mansinha. Murmurava chavões praticamente inaudíveis. Era um general idoso que atuara com distinção na Guerra dos Bôeres (ou teria sido, perguntei a mim mesmo, na Guerra da Crimeia?). Não importa qual fosse, deveria ter sido há muito, muito tempo. O mundo sobre o qual ele tartamudeava, pensei, não existia mais... Quando aquele fio de voz envelhecido e adocicado cessou, a plateia respondeu com aplauso espontâneo e entusiasmado. O aplauso sempre dado, na Inglaterra, a amigos que resistem ao teste do tempo... Todo mundo em St. Loo conhecia o velho general S... Boa gente, todos diziam, um representante da boa e velha guarda.

As palavras finais do general S... serviram para apresentar um representante da jovem guarda: o candidato conservador, major Gabriel, condecorado por bravura.

Então, com um fundo e vigoroso suspiro, Lady Tressilian, sentada para minha surpresa na ponta da fileira próxima (suspeito que por instinto materno), sussurrou acerbamente:

– É uma pena. Pernas tão medíocres.

De imediato, entendi o que ela queria dizer. No entanto, se alguém me perguntasse o que é ou não é medíocre numa perna, por nada neste mundo eu saberia dizer. Gabriel não era alto. Tinha, eu diria, pernas normais para a altura – nem muito compridas nem muito curtas. O terno era bem-cortado. Entretanto, indubitavelmente, aquelas pernas dentro das calças *não* eram as pernas de um cavalheiro. Seria, talvez, na estrutura e no equilíbrio dos membros posteriores que residia a essência da aristocracia? Boa pergunta para um grupo de especialistas.

O rosto de Gabriel não o traía. Rosto feio, mas muito interessante, com olhos extraordinariamente bonitos. As pernas o traíam a toda hora.

Ele se ergueu, sorriu (de modo envolvente), abriu a boca e falou numa voz monótona, com ligeiro sotaque *cockney*.

Falou durante vinte minutos – e falou bem. Não me pergunte o teor do discurso. Assim de improviso eu diria que Gabriel abordou as coisas de sempre – e as abordou mais ou menos da maneira de sempre. Porém, soube comunicar-se. Havia algo dinâmico nele. A audiência esquecia o aspecto, esquecia a voz e o sotaque desagradáveis. Em vez disso, tinha-se a impressão de honestidade – de metas traçadas. Podia-se sentir: esse sujeito quer mesmo fazer o melhor. Sinceridade... Isso mesmo: sinceridade.

Quem o ouvia sentia... sim... que ele *se importava*. Ele *se importava* com a questão das moradias, com jovens casais sem condições de estabelecer um lar. Ele *se importava* com os soldados que haviam passado no estrangeiro muitos anos e em breve estariam de volta; ele *se importava* com a segurança industrial e com a prevenção do desemprego. Ele se importava, desesperadamente, com a prosperidade da nação, porque aquela prosperidade resultaria na felicidade e no bem-estar de cada recanto do país. De vez em quando, de modo inesperado, ele soltava uma piada, um lampejo de humor barato e facilmente compreensível. Gracejos bastante óbvios – gracejos já muitas vezes feitos e refeitos. Acabavam surtindo efeito justamente por serem tão familiares. Mas não era o humor: era sua franqueza que de fato contava. Quando a guerra enfim acabasse, quando o Japão estivesse fora dela, então a paz chegaria. E seria crucial pôr mãos à obra. Ele, caso fosse eleito, queria pôr mãos à obra...

Isso foi tudo. Foi, percebi, um desempenho totalmente pessoal. Não quero dizer que ele tenha ignorado os slogans do partido, não foi esse o caso. Ele comentou as questões corretas, falou do líder com a admiração e o entusiasmo devidos, mencionou o Império. Foi irrepreensível. Mas o ouvinte era solicitado a apoiar não o candidato do Partido Conservador, e sim o major John Gabriel. Ele, que não esperaria a hora e se empenharia, com todas as forças, para fazer as coisas acontecerem.

A plateia gostou dele. Viera, é claro, pronta para gostar. Eram todos tóris até o tutano dos ossos, mas tive a impressão de que haviam gostado dele mais do que o esperado. Pareceram, pensei, inclusive ter despertado um pouco. E eu disse para mim mesmo, bastante satisfeito com a ideia: "Não é para menos. O homem é um dínamo!".

Depois dos aplausos – realmente entusiásticos –, foi a vez de o emissário do partido, vindo da capital, tomar a palavra. Ele foi magnífico. Disse todas as coisas certas, fez todas as pausas certas, provocou todos os risos certos nos momentos certos. Contudo, confesso que perdi um pouco a concentração.

O comício encerrou-se com as formalidades de praxe.

Quando todos se erguiam e começavam a dispersar, Lady Tressilian veio e postou-se em pé ao meu lado. Eu estava certo – ela fazia o papel de meu anjo da guarda. Disse com a voz sem fôlego, meio asmática:

– O que você acha? Diga-me, o que acha?

– Ele é bom – respondi. – Sem dúvida, ele é bom.

– Estou *tão* contente por você pensar assim – afirmou ela com um vigoroso suspiro.

Fiquei a me perguntar por que minha opinião importava para ela. Ela satisfez parcialmente minha curiosidade ao dizer:

– Não sou tão inteligente quanto Addie, nem quanto Maud. Nunca dei muita atenção à política... E sou antiquada. Não gosto da ideia de parlamentares assalariados. Nunca vou me acostumar com isso. Deveria ser uma questão de servir a seu país, e não de obter compensações financeiras.

– Nem sempre a pessoa tem condições financeiras para servir ao país, Lady Tressilian – salientei.

– Sei disso. Ainda mais hoje em dia. Contudo, é uma pena, me parece. Nossos legisladores deveriam ser escolhidos da classe que não precisa trabalhar para sobreviver, a classe realmente indiferente ao lucro.

Pensei duas vezes se deveria ou não dizer: "Minha boa senhora, a senhora parece ter saído do fundo do baú!".

Todavia, foi bom encontrar um lugar da Inglaterra onde as velhas ideias ainda sobreviviam. A classe dominante. A classe governante. As elites. Expressões tão odiosas – e, no entanto, sejamos honestos, não há algo de verdadeiro nelas?

Lady Tressilian prosseguiu:

– Meu pai pertenceu ao parlamento, sabe? Foi deputado por Garavissey durante trinta anos... Apesar de ser cansativo e de exigir extrema dedicação, ele achava que este era o seu *dever*.

Meus olhos passearam até o palanque. O major Gabriel conversava com Lady St. Loo. Suas pernas, sem dúvida, estavam pouco à vontade. Será que este considerava concorrer ao parlamento um dever? Duvidei muito.

– Muito *sincero* ele – disse Lady Tressilian seguindo o meu olhar –, não achou?

– Foi exatamente essa a impressão que eu tive.
– E ele falou tão bem sobre o querido sr. Churchill... Não há dúvida alguma de que o país todo apoia o sr. Churchill, não concorda?

Concordei. Ou melhor, pensei que os conservadores certamente voltariam ao poder com uma pequena vantagem.

Teresa aproximou-se, e o escoteiro apareceu, pronto para empurrar a cadeira.

– Divertiu-se? – perguntei a Teresa.

– Sim, eu me diverti.

– O que achou de nosso candidato?

Ela só foi responder depois de termos saído do Hall. Então disse:

– Não sei.

Capítulo 5

Alguns dias mais tarde, quando o candidato veio confabular com Carslake, fomos apresentados. Carslake convidou-o para tomar um drinque conosco.

Surgiu uma dúvida sobre uma tarefa de escritório realizada por Teresa, e ela saiu da sala com Carslake para esclarecer a questão.

Pedi desculpas a Gabriel por não poder me levantar. Mostrei o local onde ficavam as bebidas e disse que ficasse à vontade para se servir. Escolheu uma bebida de alto teor alcoólico, conforme eu notei.

Trouxe um drinque para mim, comentando ao fazê-lo:

– Ferimento de guerra?

– Não – expliquei. – Harrow Road.

Naquela altura eu já trazia a resposta na ponta da língua. Começava a me divertir com as variadas reações que ela provocava. Gabriel achou aquilo muito divertido.

– É uma pena dizer isso – observou. – Desperdiça um recurso valioso.

– Queria que eu inventasse um caso de heroísmo?

Ele disse que não havia necessidade de inventar nada.

– Diga apenas "Foi no Norte da África", ou na Birmânia, ou seja lá onde realmente esteve... Já esteve no estrangeiro, não é?

Assenti com a cabeça.

– Alamein, no Egito.

– Não poderia ser melhor. Mencione Alamein. É suficiente. Ninguém vai pedir detalhes. Vão supor que entenderam.

– Vale a pena?

– Bem – ponderou –, com as mulheres até que vale. Adoram um herói ferido.

– Sei disso – respondi com certa amargura.

Ele fez que sim com a cabeça em sinal de compreensão imediata.

– Pois é. Isso deve desanimá-lo às vezes. Há muitas mulheres por aqui. E algumas com tendências maternais. – Pegou o copo vazio. – Importa-se se eu repetir?

Incentivei-o a fazê-lo.

– Vou jantar no castelo – contou. – Aquela megera me deixa de cabelo em pé!

O pessoal ali em casa poderia cultivar a mais pura lealdade a Lady St. Loo, mas acho que ele sabia muito bem que esse não era o caso. John Gabriel raramente se equivocava.

– Lady St. Loo? – indaguei. – Ou todas elas?

– A gordinha não me afeta. É o tipo que logo dobramos e convencemos a nos ajudar. Já a sra. Bigham Charteris é praticamente uma égua. Para conquistá-la, basta relinchar para ela. Mas aquela Lady St. Loo é do tipo que nos despe com os olhos e enxerga até nossa alma. Mulher difícil de enganar!

E acrescentou:

– Não que eu fosse tentar. Sabe – continuou pensativo –, quando nos deparamos com um aristocrata de verdade, é melhor jogar a toalha. Não há o que fazer.

– Não tenho certeza – eu disse – se estou entendendo.

Ele abriu um sorriso.

– Bem, de certo modo, eu estou na área errada.

– Quer dizer que em matéria de política não é realmente um tóri?

– Não, não foi isso o que eu quis dizer. Quis dizer que não faço o estilo conservador. Eles gostam, não podem evitar de gostar, de cultivar a tradição e os bons costumes. Claro, hoje em dia não podem ser tão seletivos. Por isso, aceitam sujeitos como eu. – E acrescentou meditativo: – Meu pai era encanador... E nem era dos melhores.

Fitou-me com um sorriso no olhar. Sorri como resposta. Naquela hora me senti envolvido por seu carisma.

– É verdade – disse ele. – Combino mais com o trabalhismo.

– Mas não crê no programa deles? – sugeri.

Respondeu com ar despreocupado:

– Ah, eu não tenho crenças. Comigo é só uma questão de oportunidade. Preciso de emprego. A guerra está praticamente terminada, e os melhores postos logo vão estar preenchidos. Sempre achei que podia ter sucesso na política. Vou provar isso para quem duvida de mim.

– Então é por isso que você é um tóri? Prefere estar no partido que detém o poder?

– Caramba! – exclamou. – Acha mesmo que os tóris vão ganhar?

Respondi que com certeza era aquilo que eu achava. Por uma pequena maioria.

– Besteira – retrucou ele. – O trabalhismo vai arrebatar o país de norte a sul. Vão ganhar com maioria esmagadora.

– Mas então... se acha isso...

Parei de falar.

– Por que não quero estar no lado vencedor? – completou ele com um sorriso. – Meu caro... É por isso que não sou trabalhista. Não quero ser mais um na multidão. A oposição é o lugar certo para mim. Afinal de contas, em que *consiste* o partido dos tóris? Grosso modo, é o ajuntamento mais desnorteado de gente bem-educada e incompetente combinada com homens de negócio que não sabem negociar. Não há esperança para eles. Não têm uma política e já entraram todos na casa dos sessenta ou dos setenta. Em terra de cego, quem tem um olho é rei. Espere para ver. Minha ascensão vai ser meteórica!

– Isso se for eleito – arrisquei.

– Ah, vou me eleger sim.

Fitei-o com um olhar de curiosidade.

– Acha isso mesmo?

Ele sorriu de novo.

– Se eu não fizer bobagem. Tenho meus pontos fracos. – Entornou o resto do drinque. – Mulheres, principalmente. Tenho que manter distância delas. Não vai ser difícil por aqui. Se bem que lá no King's Arms eu vi uma pequena que é uma gracinha. Já viu ela? Não – o olhar dele se fixou em minha situação de imobilidade. – Sinto muito, é claro que não. – Foi levado a acrescentar, com um sentimento que pareceu autêntico: – A vida não é um mar de rosas.

Foi a primeira pitada de compaixão que não me despertou mágoa. Fluiu com tanta naturalidade.

– Me diga – perguntei –, você conversa assim com Carslake?

– Aquele trouxa? Ora, é claro que não.

Desde aquele momento, tenho me perguntado por que Gabriel escolheu ser tão sincero comigo naquela primeira noite. Cheguei à conclusão de que ele fez isso por ser solitário. Encenava uma ótima performance, mas não tinha muito tempo para relaxar entre os atos. Sabia, também (devia saber), que um deficiente físico sempre acaba assumindo o papel de ouvinte. Eu queria entretenimento. John Gabriel estava plenamente disposto a me fornecer entretenimento, levando-me aos bastidores da sua vida. Além disso, era por natureza sincero.

Perguntei, com certa curiosidade, como Lady St. Loo comportava-se com ele.

– Com delicadeza – disse ele. – Muita delicadeza. O diabo que a carregue! Ela me dá nos nervos. Sempre age com a maior classe e não deixa transparecer nada... Sabe o que faz. Essas velhas bruxas! Quando querem ser grosseiras, ninguém as supera. Mas, se não querem, ninguém consegue convencê-las.

Sua veemência me fez pensar um pouco. Não entendi por que o incomodava tanto o fato de uma velha como Lady St. Loo tratá-lo ou não com grosseria. Certamente ela não dava a mínima importância. Pertencia a outra época.

Comentei isso, e ele me relanceou um esquisito olhar de esguelha.

– Você não entenderia – disse ele.

– Não, acho que não.

Ele disse muito serenamente:

– Ela me considera a escória.

– Ora, meu amigo...

– Pessoas como ela nem *olham* para nós. Olham *através* de nós. Nós não importamos, não estamos ali, não existimos. Somos só o menino que traz o jornal ou o peixe.

Então me dei conta de que o passado de Gabriel estava vindo à tona. Alguma grosseria ligeira e casual ocorrida tempos atrás com o filho do encanador.

Tirou as palavras de minha boca.

– Ah, sim – disse ele. – Tenho esse problema: consciência de classe. Sei muito bem a que classe social eu pertenço. Odeio essas mulheres arrogantes da classe alta. Elas me dão a sensação de que nunca vou chegar lá, por mais que eu me esforce... Para elas, eu sempre vou ser escória. Elas sabem muito bem quem eu sou realmente.

Fiquei aturdido. O vislumbre das profundezas daquele ressentimento foi bastante inesperado. Ali havia ódio – ódio verdadeiro, ódio implacável. Fiquei imaginando exatamente qual incidente do passado ainda fermentava e ulcerava o subconsciente de John Gabriel.

– Sei que elas não importam – disse ele. – Sei que os dias delas estão contados. Moram, país afora, em casas caindo aos pedaços, vivendo de rendimentos que minguaram até não sobrar praticamente nada. Muitas não têm o suficiente para comer. Sobrevivem com as verduras da horta. Com frequência, elas próprias têm que fazer o serviço doméstico. Mas têm algo que não tenho (e nunca vou ter): o maldito ar de superioridade. Sou tão bom quanto elas (em muitos aspectos até melhor), mas no meio delas não *sinto* isso.

Súbito interrompeu a fala com uma risada.

– Não repare. Só estou desabafando. – Olhou janela afora. – Um simulacro de castelo que mais parece feito de bolo de gengibre. Três velhas gralhas grasnantes. E uma moça de nariz tão empinado que mal fala com os outros. É esse tipo de moça que sente a ervilha embaixo do monte de colchões, imagino eu.

Eu abri um sorriso e disse:

– Sempre achei "A princesa e a ervilha" um conto de fadas um pouco forçado.

Ele se agarrou a uma palavra.

– Princesa! É assim que ela se comporta. Assim que a tratam. Como alguém da realeza, saída de um livro de histórias. Não é princesa, é de carne e osso. Só pode ser, com aquela boca.

Teresa e Carslake voltaram. Logo depois, Carslake e Gabriel foram embora.

– Pena que ele foi embora – comentou Teresa. – Não falei com ele.

– Acho – disse eu – que vamos vê-lo com bastante frequência.

Ela me fitou.

– Você está interessado – afirmou ela. – Não está?

Avaliei a pergunta.

– É a primeira vez – disse Teresa –, a primeiríssima vez que o vejo interessado em alguma coisa desde que viemos para cá.

– Talvez minha cabeça seja mais política do que eu pensava.

– Ah – retorquiu ela –, não é a política. É aquele homem.

– Com certeza, ele tem uma personalidade dinâmica – admiti. – Pena que é tão feio.

– Até pode ser feio – concordou Teresa. E pensativa acrescentou: – Mas é muito atraente.

Fiquei estupefato.

Teresa explicou:

– Não me olhe assim. Ele *é* atraente. Qualquer mulher vai lhe confirmar isso.

– Bem – respondi –, você me surpreende. Pensei que ele não era o tipo de homem que as mulheres consideram atraente.

– Pois pensou errado – arrematou Teresa.

Capítulo 6

No dia seguinte, Isabella Charteris trouxe um bilhete de Lady St. Loo ao capitão Carslake. Eu pegava sol no jardim. Depois de entregar o bilhete, ela voltou e sentou-se no banco esculpido em pedra, perto de mim.

Se fosse a Lady Tressilian, eu teria suspeitado de benevolência, mas era óbvio que Isabella não estava preocupada comigo. Aliás, eu nunca tinha visto alguém tão desligada em relação a mim. Ficou ali sentada um tempo em silêncio, até comentar que gostava de tomar sol.

– Eu também – eu disse. – Mas você não é muito bronzeada.

– Não me bronzeio.

Sob a intensa claridade, sua tez encantadora tinha alvura de magnólia. Percebi a postura altiva da cabeça. Soube por que Gabriel a chamara de princesa.

Pensar nele me fez comentar:

– Major Gabriel foi jantar com vocês ontem à noite, não foi?

– Sim.

– Você foi ao lançamento da candidatura dele em Drill Hall?

– Sim.

– Não a vi por lá.

– Eu estava na segunda fileira.

– Gostou?

Meditou um pouco antes de responder.

– Não.

– Então por que foi? – perguntei.

Outra vez ela pensou um pouco antes de dizer:

– É uma dessas coisas que a gente faz.

Minha curiosidade atiçou-se.

– Gosta de morar aqui, longe da capital? É feliz?

– Sim.

Súbito me dei conta do quão era raro ouvir respostas monossilábicas. A maioria das pessoas se explica. A resposta normal seria: "Adoro o litoral", ou "É o meu lar", "Gosto do meio rural", "Adoro a vida do interior". Essa moça contentava-se em dizer "sim". Mas um "sim" curiosamente enérgico. Um "sim" de verdade. Firme, definitivo. O olhar dela passeou até o castelo, e um sorriso tímido aflorou em seus lábios.

Soube então quem ela me lembrava. Parecia uma virgem da Acrópole de Atenas no século V a.C. O mesmo sorriso primoroso, estranhamente sobrenatural...

Em suma, Isabella Charteris era feliz no castelo de St. Loo na companhia das três velhas damas. Sentada ali ao sol, mirando o castelo, ela estava feliz. A felicidade pacata e segura que a dominava quase me contagiou. E então tive medo – medo por ela.

Perguntei:

– Sempre foi feliz, Isabella?

Eu sabia a resposta antes de ouvi-la. Mas ela pensou um pouco antes de afirmar:

– Sim.

– No colégio?

– Sim.

Eu não conseguia, por algum motivo, imaginar Isabella quando estudante. Encarnava a própria antítese do produto mediano de um internato inglês. Por outro lado, presumivelmente, é preciso todos os estilos para se constituir um colégio.

Pelo jardim veio correndo um esquilo. Sentou-se aprumado e nos olhou. Por um tempo, emitiu chilros rápidos e inarticulados, até disparar e refugiar-se numa árvore.

Tive a súbita sensação de que um universo caleidoscópico havia mudado e estabelecido um padrão diferente. O que eu via agora era um mundo sensitivo. Nesse mundo, a existência representava tudo. O pensamento e o raciocínio, nada. Mundo de aurora e anoitecer, dia e noite, comida e bebida, frio e calor. Mundo de movimento, objetivo e percepção – sem a consciência da percepção. O mundo do esquilo, o mundo da relva verde em incessante crescimento, o mundo das árvores, vivo e animado. Nesse mundo, Isabella encontrava seu nicho. E estranhamente eu, a caricatura de um homem, também encontrava o meu...

Pela primeira vez, desde o meu acidente, parei de me rebelar... A amargura, a frustração e a mórbida preocupação comigo mesmo me abandonaram. Deixei de ser Hugh Norreys, arrancado do rumo da humanidade ativa e ocupada. Passei a ser Hugh Norreys, o estropiado, ciente do brilho solar, do mundo ativo e pulsante, do ritmo de minha respiração, do fato de estar vivendo um dia rumo ao sono da eternidade...

A sensação não durou muito. Por um segundo, conheci um mundo ao qual eu pertencia. E suspeitei: naquele mundo Isabella sempre viveu.

Capítulo 7

Dali a poucos dias, uma criança caiu do ancoradouro de St. Loo. Um grupo de crianças brincava na ponta do cais. Uma garotinha, em meio aos gritos e à correria, no afã da brincadeira, pisou em falso e despencou de ponta de uma altura de seis metros na água lá embaixo. Era meia-maré, e a profundidade da água era de quatro metros.

O major Gabriel casualmente passeava no molhe naquela hora e não titubeou. Com um salto, mergulhou para salvar a criança. Um grupo de 25 pessoas aglomerou-se na ponta do cais. Noutra ponta, um pescador desceu os degraus, desprendeu um bote e começou a remar na direção deles. Mas antes chegou outro homem, que mergulhara para prestar socorro ao notar que o major Gabriel não sabia nadar.

O incidente terminou bem. Gabriel e a menina foram resgatados – a menina, inconsciente, logo foi salva por respiração artificial. A mãe dela, numa crise histérica, praticamente se dependurou no pescoço de Gabriel, soluçando agradecimentos e elogios. Gabriel fez pouco caso de tudo, bateu de leve no ombro dela e apressou-se até o King's Arms em busca de roupas secas e alívio alcoólico.

Mais tarde, no mesmo dia, Carslake trouxe-o para tomar chá.

– O ato mais corajoso que já vi em minha vida – contou ele para Teresa. – Nem um instante sequer de hesitação. Poderia com facilidade ter se afogado... É extraordinário que isso *não* tenha acontecido.

Mas o próprio Gabriel, com adequada modéstia, preferiu minimizar a importância do fato.

– Apenas um ato impensado – disse ele. – Seria bem mais útil se eu tivesse corrido para buscar ajuda ou chamar um barco. O problema é que na hora não raciocinamos direito.

Teresa disse:

– Qualquer dia desses você vai fazer algo impensado demais.

Ela falou isso muito secamente. Gabriel mirou-a de relance.

Depois que ela saiu levando a louça do chá e Carslake ausentou-se alegando que tinha trabalho a fazer, Gabriel comentou pensativamente:

– Ela é astuta, não é?

– Quem?

– A sra. Norreys. Ela sabe das coisas. É difícil enganá-la.

Acrescentou que era melhor cuidar onde pisava. Em seguida indagou:

– Acha que eu agi bem?

Perguntei-lhe, afinal, o que ele quis dizer.

– Minha atitude. Foi a reação certa, não foi? Quero dizer, fazer pouco caso do episódio todo. Fingir que eu havia agido como um tolo.

Abriu um sorriso envolvente e acrescentou:

– Não se importa que eu pergunte, se importa? Para mim, é muito difícil saber se estou conseguindo passar a imagem certa.

– Precisa fingir? Não consegue ser apenas natural?

Retrucou de modo meditativo que isso dificilmente funcionaria.

– Não posso chegar aqui, esfregar as mãos de satisfação e dizer: "Esse incidente caiu do céu!". Ou posso?

– É isso o que você realmente pensa? Que o incidente caiu do céu?

– Meu caro amigo, tenho andado por aí todo animado à procura de algo nessa linha. Sabe, cavalos em disparada, prédios em chamas, uma criança prestes a ser atropelada. Quando o objetivo é provocar lágrimas, criança é a melhor opção. Seria de se imaginar, com todo esse estardalhaço nos jornais sobre a morte nas estradas, que uma oportunidade apareceria logo. Mas não apareceu... Seja por azar, seja porque as crianças de St. Loo são uns diabinhos muito precavidos.

– Não deu um xelim àquela criança para ela se atirar na água, deu? – perguntei.

Levou minha observação a sério e respondeu que tudo acontecera naturalmente.

– Além disso, eu não me arriscaria a fazer uma coisa dessas. Se a criança contasse para a mãe dela, com que cara eu ficaria?

Eu caí na risada.

– Diga-me – eu falei –, é verdade que você não sabe nadar?

– Não consigo me manter à tona por mais de três braçadas.

– Então correu um risco enorme! Poderia facilmente ter se afogado.

– Imagino que sim... Mas é o seguinte, Norreys: na vida, quem tudo quer tudo perde. Só faz papel de herói quem está preparado para ser meio heroico. Tinha muita gente por perto. Ninguém queria se molhar, é claro, mas era inevitável que alguém resolvesse ajudar. Sem falar nos barcos. O sujeito que pulou depois de mim segurou a criança, e o homem do barco chegou quando eu estava prestes a afundar. Em todo caso, a respiração artificial reanima a pessoa até mesmo em caso de afogamento.

Abriu seu típico sorriso envolvente e comentou:

– Tolice incrível, não acha? Quero dizer, o pessoal é tão estúpido. Vou obter mais crédito por ter pulado na água para salvar a criança mesmo sem saber nadar do que se tivesse mergulhado e feito um salvamento seguro e planejado. Muita gente anda espalhando por aí o quanto fui corajoso. Se tivessem um pouco de cabeça, diriam que foi uma sandice. E foi mesmo... O herói de verdade (o homem que pulou depois de mim e nos salvou) não vai receber nem a metade do crédito. Nadador de primeira categoria. Estragou um bom terno, coitado, e o fato de eu estar ali me debatendo junto com a criança só dificultou as coisas para ele. Mas ninguém vê as coisas assim... A não ser, talvez, alguém como a sua cunhada, mas não existe muita gente assim.

E acrescentou:

– Ainda bem. A última coisa que um candidato quer numa eleição é um monte de eleitores que realmente sabem usar a cabeça e o senso crítico.

– Não sentiu náuseas antes de pular? Um arrepio na espinha?

– Não deu tempo. Fiquei exultante pela situação aparecer assim de bandeja.

– Acho que não entendo bem por que você pensa que esse... esse tipo de negócio espalhafatoso é necessário.

O rosto dele se alterou. Tornou-se sombrio e determinado.

– Não percebe que esse é meu único dom? Não sou bonito. Não sou um excelente orador. Não tenho educação nem influência. Não tenho dinheiro. Nasci com um talento apenas – pousou a mão no meu joelho –: a valentia. Acha que eu seria candidato do Partido Conservador se não tivesse sido condecorado com a Cruz Vitória?

– Mas, meu caro, uma condecoração de guerra não é suficiente?

– Não entende nada de psicologia, Norreys. Uma façanha tola como a desta manhã surte efeito bem melhor que uma Cruz Vitória conquistada no Sul da Itália. A Itália é longínqua. Os eleitores não me viram ganhando a Cruz Vitória. E, infelizmente, não posso entrar em detalhes. Entenderiam se eu contasse... Eu os conduziria comigo e, ao terminar o meu relato, teriam conquistado a condecoração também! Mas as convenções deste país não me permitem fazer isso. Não: eu tenho de ser modesto e balbuciar que não foi nada, que qualquer um teria feito igual. O que é uma bobagem. Dá para contar nos dedos quem conseguiria. É preciso discernimento, cautela e a frieza para não se perturbar. E, de certa forma, é preciso gostar do perigo.

Permaneceu calado por um tempo. Então revelou:
– Eu me alistei com a intenção de ser condecorado.
– Meu caro Gabriel!

Virou o pequeno rosto feio e atento na minha direção, os olhos faiscantes.

– Tem razão... não temos como afirmar que conseguiremos uma coisa dessas. É preciso ter sorte. Mas me alistei com essa intenção. Na época, percebi que era a minha grande chance. A bravura é praticamente a última coisa de que precisamos na vida diária. Raramente é necessária. E, caso seja, é de se duvidar que nos leve a algum lugar. Contudo, na guerra é diferente. Na guerra, a bravura faz sentido. Não estou querendo dourar a pílula. É só uma questão de nervos, glândulas ou coisa parecida. Basta o sujeito não ter medo de morrer. Numa guerra, essa é uma enorme vantagem sobre os outros combatentes. Claro, eu não podia ter certeza de que minha oportunidade apareceria... Você pode passar a guerra inteira mostrando uma bravura discreta. A guerra termina e você não ganhou uma medalha sequer. Ou então você pode cometer um descuido na hora errada e virar picadinho. E ninguém vai se lembrar de agradecer.

— A maioria das condecorações por bravura é póstuma — murmurei.

— Pois é. Eu me pergunto como é que escapei. Quando paro para pensar naquela saraivada de balas raspando na minha cabeça, simplesmente não entendo como estou aqui hoje. Fui alvejado por quatro projéteis, mas nenhum em lugar vital. Curioso, não acha? Nunca vou me esquecer da dor de me arrastar com a perna quebrada. E o sangue jorrando do ombro... Tudo isso e mais o velho Spider James para carregar... Ele não parava de praguejar... E pesava uma tonelada...

Gabriel meditou por um instante. Então suspirou e disse:

— Ah, dias felizes — e foi servir-se de um drinque.

— Tenho com você uma dívida de gratidão — eu disse. — Acaba de lançar por terra a crença popular e piegas de que todos os homens corajosos são modestos.

— É uma vergonha — disse Gabriel. — Se você é um magnata das finanças e fecha um bom negócio, pode sair por aí se vangloriando, e as pessoas vão respeitá-lo mais por isso. Na arte, você pode admitir que pintou um quadro excelente. No golfe, se você acerta o buraco com uma tacada só, todo mundo festeja a proeza. — Meneou a cabeça e continuou: — Mas nesse negócio de herói de guerra você tem de esperar que as outras pessoas o elogiem. Carslake não chega a ser lá muito eficiente nesse tipo de tarefa. Ele foi mordido pelo mosquito tóri da atenuação da verdade. Tudo o que fazem é atacar o candidato da oposição em vez de alardear os méritos do seu candidato. — Meditou outra vez. — Pedi a meu general de brigada que viesse até aqui na próxima semana para palestrar. Ele pode mencionar de modo discreto que sujeito realmente formidável eu sou... Mas, é claro, não posso sugerir a ele que o faça. Esquisito!

– Com isso, e mais o pequeno incidente de hoje, seu desempenho não vai ser dos piores.

– Não subestime o incidente de hoje – advertiu Gabriel. – Você vai ver. Agora todo mundo vai voltar a falar na minha Cruz Vitória. Menina abençoada. Amanhã vou dar uma volta e comprar uma boneca para ela. Isso também vai ser publicidade positiva.

– Só me diga uma coisa – eu pedi – por mera curiosidade. Se não tivesse ninguém lá para ver o que acontecia, ninguém mesmo... Ainda assim teria mergulhado para salvá-la?

– Qual o propósito de pular na água se não tivesse ninguém para ver? Nós dois nos afogaríamos. E só descobririam quando a maré nos trouxesse à praia.

– Então daria as costas e deixaria a menina se afogar?

– Não, é claro que não. Quem você pensa que eu sou? Sou humano. Teria disparado como louco até os degraus, pegado um barco e remado com vigor até o ponto em que a criança tinha caído. Com sorte eu conseguiria içá-la ao barco e tudo acabaria bem. Eu teria feito o que, na minha percepção, daria à *criança* a melhor chance. Eu gosto de crianças.

Acrescentou:

– Será que a Câmara de Comércio vai me dar alguns cupons extras pelas roupas que estraguei? Acho que não vou poder vestir aquele terno outra vez. Encolheu e não entro mais nele. Esses órgãos do governo são tão avarentos.

Com esse comentário prático ele partiu.

* * *

Pensei um pouco sobre John Gabriel. Não consegui chegar à conclusão se eu gostava ou não dele. Seu oportunismo espalhafatoso causava-me repugnância

– sua sinceridade agradava-me. Segundo o modo com que a opinião pública reagiu ao fato, eu logo tive ampla confirmação de que ele estava certo.

Lady Tressilian foi a primeira pessoa a dar sua opinião. Ela apareceu para me trazer alguns livros.

– Sabe – disse ela esbaforida –, sempre tive a impressão de que havia algo realmente bondoso na pessoa de John Gabriel. Esse fato é a prova disso, não acha?

Eu perguntei:

– Em que sentido?

– Nem avaliou o risco. Só pulou na água, mesmo sem saber nadar.

– Não resolveu muita coisa, resolveu? Quero dizer, ele nunca teria conseguido resgatar a menina sem ajuda.

– É, mas ele não parou para pensar nisso. O que eu admiro é o impulso de bravura, a ausência de qualquer cálculo.

Eu poderia ter dito a ela que cálculo era o que não havia faltado.

Ela prosseguiu, o rosto de pudim ruborizando como o de uma menina:

– Eu admiro tanto um homem *realmente* corajoso...

Ponto para John Gabriel, pensei.

A sra. Carslake, mulher viperina e efusiva de quem eu não gostava, derreteu-se toda.

– Foi a atitude mais destemida de que já ouvi falar. Sabe, me contaram que na guerra a coragem do major Gabriel foi simplesmente *i-na-cre-di-tá-vel*. Medo era uma palavra ausente do dicionário dele. Todos os comandados o *idolatravam*. No quesito puro heroísmo, sua ficha é *fan-tás-ti-ca*. O ex-comandante dele vem aqui na próxima quinta. Não vou me fazer de rogada: vou enchê-lo de perguntas. É claro que o major Gabriel ficaria zangado se soubesse da minha intenção... É tão modesto, não é?

— Sem dúvida, essa é a impressão que ele passa – foi a minha resposta.

Ela não percebeu quaisquer ambiguidades na escolha de minhas palavras.

— Mas acho que devemos dizer a esses nossos rapazes ma-ra-vi-lho-sos "não coloqueis a candeia embaixo do alqueire".* O pessoal *precisa* saber todas as coisas excelentes que eles fizeram. Homens são *tão* mal articulados. É obrigação feminina espalhar essas notícias. Nosso representante atual, Wilbraham, passou a guerra toda enfurnado no escritório.

Bem, imagino que John Gabriel diria que a sra. Carslake tinha as ideias certas, mas eu não gostava dela. Expressava-se de modo efusivo e até mesmo na efusão seus olhos negros eram sórdidos e calculistas.

— É uma pena, não é – disse ela –, que o sr. Norreys seja comunista.

— Toda família – eu disse – tem sua ovelha negra.

— Eles têm ideias tão medonhas... Atacam o direito à propriedade.

— E atacam outras coisas – eu disse. – O movimento da Resistência na França é, em grande parte, comunista.

Aquele era um enigma desconcertante demais para a sra. Carslake: ela se despediu.

A sra. Bigham Charteris, fazendo uma visita para distribuir umas circulares, também forneceu seu parecer sobre o incidente do ancoradouro.

— Deve haver algum bom sangue nele afinal – disse ela.

— Acha isso?

— Com certeza.

— O pai dele era encanador – revelei.

---

* Mateus 5:15. (N.T.)

A sra. Bigham Charteris tirou de letra a informação.

— Eu já imaginava algo desse tipo. Mas há bom sangue nele em algum lugar... talvez há muitas e muitas gerações.

Ela continuou.

— Temos de recebê-lo mais vezes no castelo. Vou falar com Adelaide. Às vezes, ela tem maus modos... Deixa as pessoas constrangidas. Nunca me pareceu que o major Gabriel se sentisse à vontade lá. Pessoalmente, eu me dou muito bem com ele.

— Em geral, ele aparenta ser muito popular na comunidade.

— Sim, ele está indo muito bem. Boa escolha. O partido precisa de sangue novo... Precisa muito.

Fez uma pausa e disse:

— Ele pode ser um novo Disraeli.*

— A senhora acredita que ele vai longe.

— Acho que ele pode chegar ao topo. Ele tem vitalidade.

Por meio de Teresa, fui informado da opinião de Lady St. Loo sobre o episódio. Teresa estivera no castelo.

— Hum...! – dissera Lady St. Loo. – Fez isso com um olho nas galerias, é claro...

Entendi por que Gabriel costumava chamar Lady St. Loo de "megera".

---

* Benjamin Disraeli (1804-1881), duas vezes primeiro-ministro do Reino Unido. (N.T.)

Capítulo 8

O tempo permaneceu bom. Eu passava boa parte do dia tomando sol no jardim. Roseirais cresciam nos canteiros, e numa extremidade erguia-se, altaneiro, um teixo centenário. Do jardim eu vislumbrava o mar e as ameias do castelo de St. Loo. E avistava Isabella atravessando os campos entre o castelo e Polnorth House.

Ela adquirira o hábito de fazer essa caminhada quase todos os dias. Às vezes com os cães, às vezes sozinha. Ao chegar, abria um sorriso, me dava um bom-dia e sentava-se no grande banco esculpido em pedra, perto de minha cadeira de rodas.

Amizade estranha aquela. Mas, sem dúvida, amizade. Não era bondade para com um inválido, nem pena, nem complacência que trazia Isabella até o meu lado. Para mim, era algo bem melhor. Era afeição. Por gostar de mim, Isabella vinha sentar-se comigo no jardim. Fazia aquilo com a naturalidade e o propósito de um animal.

A conversa, quando acontecia, abordava aquilo que enxergávamos: o formato das nuvens, a luz na água do mar, o comportamento de um passarinho...

E justo um passarinho revelou-me outra faceta da natureza de Isabella. Um passarinho morto. Ele se espatifara contra o vidro da janela da sala de visitas e caíra embaixo da janela, com as perninhas enternecedoramente esticadas, hirtas no ar, e os olhinhos, antes dóceis e brilhantes, agora cerrados.

Isabella o avistou primeiro, e sua voz – cheia de espanto e horror – me assustou.

– Olhe – apontou ela. – É um passarinho... morto.

O toque de pânico na voz dela me fez perscrutá-la. Parecia um cavalo assustado, os lábios repuxados e trêmulos.

– Pegue-o – eu disse.

Ela sacudiu a cabeça com veemência.

– Não posso tocá-lo.

– Não gosta de tocar em pássaros? – eu sabia que há pessoas que não gostam.

– Não posso tocar em nada *morto*.

Eu a fitei.

Ela explicou:

– Tenho pavor da morte... Um pavor horrível. Não consigo suportar a morte de *nenhum ser vivo*. Imagino que isso me lembre que... que eu mesma vou morrer um dia.

– Todo mundo morre um dia – eu disse.

(Pensava naquilo que eu sempre guardava tão convenientemente a meu alcance!)

– E não se importa? No fundo não se importa? Pensar no que nos espera lá na frente... Cada vez mais perto. E um dia – completou, levando as mãos belas e compridas, tão raramente dramáticas, ao peito – ele *chega*. O fim da vida.

– Você é estranha, Isabella – afirmei. – Nunca suspeitei que se sentisse assim.

Ela observou com acidez:

– Não é uma sorte que eu tenha nascido mulher? Se eu fosse homem, teria que ir ao front... E teria envergonhado o país... Desertado ou coisa parecida. Sim – ela voltou a falar de modo tranquilo, quase contemplativo –, a covardia é algo terrível.

Soltei uma risada meio insegura.

– Não creio que você teria sido covarde se as circunstâncias exigissem. Na verdade, a maioria... bem... tem medo de ter medo.

– E você teve medo?

– Meu bom Deus, é claro que sim!

– Mas quando as circunstâncias exigiram... foi tudo bem?

Retrocedi a lembrança até um instante específico: a tensa espera na escuridão, a espera pela ordem de avançar, a sensação de náusea no fundo do estômago...

Fui sincero.

– Não – contei. – Não diria que foi tudo bem. Mas descobri que eu conseguia mais ou menos aguentar. Ou, melhor dizendo, eu conseguia aguentar tão bem quanto qualquer outro. Depois de um tempo, temos a sensação de que nunca seremos o alvo da bala. Pode ser outro colega, mas não nós.

– Acha que o major Gabriel também se sentia assim?

Tive que dar o braço a torcer a Gabriel.

– Acho – ponderei – que Gabriel é uma das raras pessoas com a sorte de simplesmente não saber o significado da palavra medo.

– Sim. Eu também acho isso – disse ela com uma expressão esquisita no rosto.

Perguntei se ela sempre tivera medo da morte. Se ela sofrera algum trauma que lhe incitara um terror especial.

Ela meneou a cabeça.

– Acho que não. É claro, meu pai foi morto antes de eu nascer. Não sei se isso...

– Sim – atalhei. – Acho bem provável. Isso pode ser uma explicação.

Isabella, com a testa franzida, remeteu a lembrança ao passado.

– Meu canário morreu quando eu tinha cinco anos. Ele estava ótimo na noite anterior... E, de manhã, apareceu deitado na gaiola, com as perninhas duras, esticadas para cima... Como o passarinho que vimos agora há pouco. Eu o segurei na mão – contou ela, estremecendo. – Estava *gelado*... – Ela se esforçava para falar. – Não... não era mais *real*... Era só uma *coisa*... Não via, nem escutava, nem sentia... Não estava mais *ali*!

Súbito, de modo quase enternecedor, ela me perguntou:

– Não acha horrível o fato de termos que morrer?

Não sei o que eu devia ter dito. Em vez de uma resposta refletida, eu deixei escapar a verdade – minha própria e particular verdade.

– Às vezes, é a única coisa que um homem tem a esperar.

Ela me fitou com olhos opacos de incompreensão.

– Não sei o que você quer dizer com isso...

– Não sabe? – indaguei com amargura. – Abra os olhos, Isabella. Como acha que é a minha vida? Lavado, vestido, erguido de manhã como um bebê, carregado para lá e para cá como um saco de carvão? Algo inútil, inanimado e alquebrado, repousando ao sol, sem nada para fazer, nada para almejar e nada para esperar... Se eu fosse uma cadeira ou uma mesa quebrada, eu seria jogado no lixo. Mas sou um homem. Então me vestem com roupas civilizadas, cobrem a pior parte dos escombros com uma manta e me deixam aqui tomando sol!

Fitou-me com um olhar arregalado, perplexo e indagador. Tive a impressão de que pela primeira vez não se concentrou *além* de mim, mas *em* mim. O foco do olhar era eu. Mas mesmo então o olhar não via nem entendia nada – só os fatos meramente físicos.

Ela disse:

– Mas em todo caso você está tomando sol... Você está *vivo*. Poderia estar morto...

– Poderia. Não entende que no fundo eu queria ter morrido?

Não, ela não entendia. Para ela, falar aquilo era o mesmo que falar uma língua estrangeira. Ela murmurou quase timidamente:

— Você... sente muita dor sempre? É *esse* o problema?

— Sinto muita dor de vez em quando. Mas o problema não é esse. Não entende que eu não tenho *razão* alguma para viver?

— Sei que é estupidez minha, mas precisamos ter razão para viver? Quero dizer, qual o motivo disso? Não podemos apenas viver?

Respirei fundo ante a singeleza do comentário.

E então, quando me virei ou tentei me virar na minha cadeira, com um gesto desajeitado desequilibrei o frasco rotulado "Aspirina" do lugar em que eu o guardava. O frasco caiu, a tampa se abriu e os comprimidos se esparramaram na grama.

Quase dei um grito. Escutei minha voz, histérica, antinatural, erguendo-se:

— Pegue para mim... Junte, procure! Não deixe nenhum se perder!

Isabella curvou-se e catou habilmente os comprimidos. Eu me virei e vi Teresa saindo pelas portas de vidro. Num quase soluço sussurrei:

— Teresa vem aí...

Para meu espanto, Isabella fez algo de que nunca suspeitei que fosse capaz.

Num só gesto, célere e imperturbável, afrouxou a echarpe estampada que usava em volta da gola do vestido de verão e a deixou planar até tocar a grama, tapando os comprimidos espalhados... E, ao mesmo tempo, comentou numa voz tranquila e natural:

— Sabe, tudo pode mudar quando Rupert vier para casa...

Alguém teria jurado que estávamos no meio de uma conversa.

Teresa aproximou-se e indagou:

– Que tal um drinque, vocês dois?

Sugeri algo bem sofisticado. Quando retornava para casa, Teresa fez menção de se abaixar e apanhar a echarpe. Isabella disse em sua voz calma:

– Não se incomode, sra. Norreys. Faz um bonito contraste com a grama verde.

Teresa sorriu e entrou pelas portas de vidro.

Cravei o olhar em Isabella.

– Querida – disse eu –, por que fez isso?

Mirou-me acanhada.

– Achei – disse ela – que você não queria que ela visse...

– Acertou – eu disse em tom sombrio.

No começo de minha convalescença, bolei um plano. Previ com singela clareza minha condição de desamparo, minha total dependência dos outros. Eu queria uma rota de fuga à mão.

Enquanto estivessem injetando morfina, eu nada podia fazer. Mas chegou o ponto em que a morfina foi substituída por poções e pílulas para dormir. Aquela era a minha oportunidade. Primeiro roguei pragas, pois me deram hidrato de cloral em forma líquida. Depois, quando eu já estava na casa de Robert e Teresa, o acompanhamento médico tornou-se menos frequente, e o médico prescreveu comprimidos para dormir – seconal, eu acho, ou pode ter sido amital. De qualquer modo, ficou combinado que eu tentaria dormir sem tomá-los, mas dois comprimidos ficavam ao meu alcance caso o sono não viesse. Aos poucos fiz o meu estoque. Continuei a reclamar de insônia, e novos comprimidos eram prescritos. Passei longas noites de dor, com os olhos bem abertos, fortalecido pela consciência de que o portal do meu destino abria-se cada vez mais. Há um bom tempo eu já tinha mais do que o suficiente para resolver o caso.

E, ao consumar a primeira etapa de meu projeto, perdi a urgência de finalizá-lo. Alegrava-me esperar mais um pouco. Contudo, não pensava em esperar para sempre.

Em instantes de pura agonia, vi meu plano ser ameaçado, postergado, talvez completamente arruinado. Dessa catástrofe, a perspicácia de Isabella me salvara. Ela pegou os comprimidos, colocou-os de novo no frasco, tampou-o e me entregou.

Coloquei o frasco de volta no lugar e soltei um suspiro profundo.

– Obrigado, Isabella – agradeci comovido.

Ela não demonstrou curiosidade nem angústia. Tinha sido astuta o bastante para notar minha agitação e vir me socorrer. Desculpei-me mentalmente por tê-la considerado retardada. De burra ela não tinha nada.

O que ela pensou? Deve ter percebido que não era aspirina.

Eu a fitei. Nenhuma pista sobre o que ela pensava. Concluí que ela era muito difícil de compreender...

E súbito me despertou uma curiosidade.

Ela mencionara um nome...

– Quem é Rupert? – indaguei.

– Rupert é meu primo.

– Quer dizer Lorde St. Loo?

– Sim. Logo vai chegar na cidade. Ficou na Birmânia a maior parte da guerra. – Depois de uma pausa, acrescentou: – Talvez venha para se instalar em definitivo... O castelo é dele. Nós só o alugamos.

– Me deixou curioso – eu disse – ao tocar no nome dele assim de repente.

– Só falei algo rápido para dar a impressão de que estávamos conversando.

Meditou um pouco e concluiu:

– Imagino que tenha falado em Rupert... porque ele não sai de minha cabeça...

Capítulo 9

Até então, Lorde St. Loo havia sido um nome, uma abstração – o dono ausente do castelo de St. Loo. Agora ele ganhava forma – uma entidade viva. Comecei a imaginar como ele era.

Lady Tressilian apareceu à tarde para me trazer o que ela descreveu como "um livro que me pareceu que ia interessá-lo". Não era, percebi de relance, o tipo de livro que me interessava. Era uma espécie de autoajuda, escrita para convencer o leitor de que ele pode se recostar na poltrona e, com belos pensamentos, tornar o mundo melhor e mais luminoso. Lady Tressilian, reavivando o instinto maternal frustrado, sempre me trazia algo. Sua ideia preferida era me transformar em escritor. Trouxe o material de pelo menos três cursos por correspondência intitulados "Como ganhar dinheiro com o ofício de escrever em 24 aulas" ou coisa que o valha. Era o tipo da mulher bondosa e simpática que não consegue, de maneira alguma, deixar uma pessoa sofrer em paz.

Era impossível não gostar dela, mas eu podia tentar (e tentava) esquivar-me de tanta solicitude. Às vezes Teresa me ajudava, às vezes não. Às vezes me olhava, abria um sorriso e, de propósito, me deixava à própria sorte. Quando mais tarde eu reclamava, ela só dizia que de vez em quando um contrairritante fazia bem.

Nessa tarde em especial, Teresa havia saído à cata de votos para Gabriel, de modo que não tive escapatória.

Lady Tressilian suspirou, perguntou como eu estava e comentou que meu aspecto estava ótimo. Eu agradeci pelo livro e confirmei que parecia interessantíssimo. Após esse preâmbulo, a conversa enveredou para assuntos locais. E, no momento, assunto local era sinônimo de política. Ela contou sobre o andamento dos comícios e sobre como Gabriel havia tirado de letra alguns provocadores engraçadinhos. Ela continuou a falar sobre as reais necessidades da nação e do quanto seria terrível se tudo viesse a ser nacionalizado. Também frisou o quão inescrupuloso era o partido adversário e qual era o real sentimento dos agricultores sobre o Conselho para a Comercialização do Leite. A conversa foi praticamente idêntica à de três dias antes.

Então, após uma breve pausa, Lady Tressilian suspirou e comentou como seria maravilhoso se Rupert chegasse logo.

– E há chance de que isso aconteça? – indaguei.

– Sim. Ele foi ferido... Lá na Birmânia. É tão desagradável, mas é raro os jornais mencionarem o Décimo Quarto Exército. Ele ficou um tempo no hospital e agora tem direito a um bom período de licença. Há muita coisa para ele resolver por aqui. Fazemos o melhor possível, mas a conjuntura muda a toda hora.

Pelo que eu pude depreender, devido à carga tributária e a outras complicações, tudo indicava que o Lorde St. Loo teria que vender um pedaço de terra.

– A faixa litorânea é valorizada para investimentos imobiliários. Mas seria abominável ver mais daqueles horrorosos bangalôs sendo construídos.

Concordei que sensibilidade artística não era o forte das construtoras responsáveis pela incorporação do East Cliff.

Ela disse:

– Meu cunhado, o sétimo Lorde St. Loo, doou aqueles terrenos à cidade. Queria que a terra fosse guardada para o povo, mas não se lembrou de fazer nenhuma cláusula específica de salvaguarda. Assim, o conselho administrativo da cidade vendeu tudo, lote por lote.

Uma desonestidade sem tamanho, pois essa *não* era a intenção de meu cunhado.

Perguntei se Lorde St. Loo pensava em voltar a morar ali.

– Não sei. Ele não definiu nada ainda – respondeu ela com um suspiro. – Torço para que isso aconteça... Torço mesmo.

E acrescentou:

– Não o vemos desde que ele tinha dezesseis anos... Quando ele estudava em Eton, costumava passar as férias aqui. A mãe dele (uma neozelandesa muito atraente) enviuvou e voltou para a cidade dos pais com o filho a tiracolo. Ninguém pode culpá-la por isso, mas lamento que o menino não tenha sido criado na propriedade destinada a ser dele. Talvez ele vá se sentir, eu imagino, um tanto deslocado ao chegar aqui. Mas, é claro, tudo muda tão rápido.

Uma nuvem de aflição perpassou o rosto redondo e simpático.

– Fizemos o melhor possível. O imposto sobre herança foi exorbitante. O pai de Isabella foi morto na guerra anterior a esta. A propriedade precisava ser alugada. Em sociedade, Addie, Maud e eu conseguimos alugá-la... Essa alternativa parecia bem melhor do que alugar para pessoas estranhas. Sempre foi o lar de Isabella.

Suas feições enterneceram-se quando ela se debruçou sobre mim com ar sigiloso.

– Sei que sou uma velha sentimental, mas sempre desejei que Isabella e Rupert... Quero dizer, seria a solução *ideal*...

Permaneci calado, e ela emendou:

– Um rapaz tão bonito e encantador... Tão afetuoso com todas nós... E sempre demonstrou um carinho especial por Isabella. Na época, ela era uma garotinha de onze anos. Costumava segui-lo por onde quer que ele fosse. Era bastante ligada a ele. Addie e eu costumávamos olhar para os dois e comentar: "Bem que...". Maud, é claro, sempre batia na tecla de que eram primos-irmãos e isso não era certo. Mas, também, Maud só vê as coisas do ponto de vista do pedigree. Muitos primos-irmãos se casam, e as coisas funcionam às mil maravilhas. Além disso, não é o caso de sermos uma família católica romana e precisarmos pedir uma licença ao bispo.

Fez nova pausa. Dessa vez, o rosto dela trazia aquela expressão absorta e intensamente feminina que só as casamenteiras têm.

– Todos os anos ele se lembra do aniversário dela. Sempre manda um presente bonito. Não acha isso comovente? Isabella é uma moça tão querida... E ama tanto St. Loo. – Relanceou o olhar às ameias do castelo. – Bem que os dois podiam se casar e morar lá...

Notei os olhos dela se umedecerem...

Naquela noite, comentei com Teresa:

– Cada vez mais este lugarejo parece o cenário de um conto de fadas. A qualquer momento, o príncipe encantado pode chegar para levar a princesa. *Onde* é que viemos morar? Numa história dos irmãos Grimm?

No dia seguinte, quando Isabella sentou-se no banco de pedra, eu pedi:

– Me conte sobre seu primo Rupert.

– Não creio que haja algo a contar.

– Disse que sempre pensa nele. É verdade?

Refletiu por alguns instantes.

– Não, não penso nele. Quero dizer... ele vive na minha cabeça. Acho... que um dia vou me casar com Rupert.

Virou o rosto para o meu lado, como se o meu silêncio a tivesse afligido.

– Acha ridículo dizer uma coisa dessas? Não vejo Rupert desde que eu tinha onze anos, e ele, dezesseis. Ele disse que um dia voltaria para se casar comigo. Sempre acreditei nisso... Ainda acredito.

— E Lorde e Lady St. Loo se casaram e viveram felizes para sempre no castelo de St. Loo, à beira-mar — eu disse.

— Acha que isso não vai acontecer? — perguntou Isabella.

Ela me olhou como se a minha opinião sobre o assunto pudesse ser determinante.

Inspirei fundo.

— Acho que vai acontecer. É assim que esses contos de fadas terminam.

A sra. Bigham Charteris transportou-nos dos contos de fadas à realidade ao aparecer no jardim de supetão.

Trazia um volumoso pacote que deixou cair ao lado de si, solicitando abruptamente para que eu o entregasse ao capitão Carslake.

— Acho que ele está no gabinete — comecei a dizer.

Mas ela atalhou:

— Sei disso. Mas não quero entrar lá. Não quero encontrar com aquela mulher.

Pessoalmente, eu nunca queria encontrar a sra. Carslake, mas percebi que havia algo mais por trás da aspereza quase violenta da sra. Bigham Charteris.

Isabella também percebeu e indagou:

— Algum problema, tia Maud?

A sra. Bigham Charteris, o rosto tenso, falou de chofre:

— Lucinda foi atropelada.

Lucinda — o xodó da sra. Bigham Charteris — era uma cocker champagne.

Ela continuou falando sem parar, fitando-me com um olhar glacial para me impedir de expressar compaixão:

– Lá perto do cais... Um desses malditos turistas... o carro ia muito rápido... nem ao menos freou... vamos, Isabella, precisamos ir para casa...

Não tive compaixão.

Isabella perguntou:

– Onde está Lucy?

– Na clínica do Burt. O major Gabriel me ajudou. Foi muito amável, muito amável mesmo.

Ao chegar ao local, Gabriel havia se deparado com Lucinda caída no meio da rua, ganindo, lamuriosa, e a sra. Bigham Charteris ajoelhada ao lado dela. Ajoelhou-se, examinou o corpo inteiro da cadelinha com dedos hábeis e sensíveis e disse:

– Ela perdeu a força nas patas traseiras. Pode ter tido ferimentos internos. Temos que levá-la a um veterinário.

– Eu sempre a levo ao Johnson, lá em Polwithen. Ele é fabuloso com cachorros. Mas fica muito longe.

Ele assentiu com a cabeça.

– Quem é o melhor veterinário em St. Loo?

– James Burt. Ele sabe das coisas, mas é um brutamontes. Nunca confiei nele... Pelo menos nunca levei os cachorros à clínica dele. Ele tem problema com bebida. Mas fica aqui bem perto. É melhor levarmos Lucy ali. Cuidado... ela morde.

Gabriel afirmou confiante:

– Ela não vai me morder. – E dirigiu-se à cadela com a voz apaziguadora. – Tudo bem, minha velha, tudo bem. – Deslizou suavemente os braços sob o corpo dela. A multidão (composta por moças com sacolas de compras, meninos e pescadores) emitiu ruídos complacentes e ofereceu conselhos.

A sra. Bigham Charteris falou aos borbotões:

– Boa menina, Lucy, boa menina.

E para Gabriel:

– É muita bondade sua. A casa de Burt é dobrando a esquina em Western Place.

Uma casa vitoriana e sóbria, com telhas de ardósia e uma placa metálica meio desgastada no portão.

Quem abriu a porta foi uma linda jovem de seus 28 anos – a sra. Burt.

De imediato, ela reconheceu a sra. Bigham Charteris.

– Ah, sra. Bigham Charteris, eu sinto muito. Meu marido saiu, e o auxiliar também.

– Quando ele volta?

– Já deve estar chegando. Ele atende aqui na clínica entre nove e dez horas e das duas às três da tarde. Mas tenho certeza de que ele vai fazer o que puder. O que houve com ela? Foi atropelada?

– Sim, agora há pouco.

– Que absurdo, não? – comentou Milly Burt. – Esses motoristas correm demais. Pode trazê-la até a enfermaria, por favor.

Falou em sua voz macia, um tanto refinada demais. A sra. Bigham Charteris, com o sofrimento estampado no rosto curtido pelas intempéries, afagava Lucinda. Ela não conseguia prestar atenção em Milly Burt, que tagarelava amável e inadequadamente, com ar perplexo.

Então disse que ligaria para Lower Grange Farm para ver se o sr. Burt estava lá. O telefone ficava no saguão. Gabriel acompanhou-a, deixando a sra. Bigham Charteris sozinha com a cadela e sua angústia particular. Ele era um homem sensível.

A sra. Burt discou o número e reconheceu a voz que atendeu.

– Sim, sra. Whidden... Aqui é a sra. Burt. Por acaso o sr. Burt ainda está aí? Bem, eu gostaria, sim, se não fosse incômodo... Sim... – Seguiu-se uma pausa. Gabriel observou-a com atenção. Súbito ela corou e se retraiu.

A voz dela se alterou. Tornou-se tímida, com tom de desculpa.

– Me desculpe, Jim. Não, é claro...

Gabriel escutou a voz de Burt no outro lado da linha, sem distinguir as palavras – uma voz tirânica e hedionda. A voz de Milly Burt tornou-se ainda mais escusatória.

– É a sra. Bigham Charteris, do castelo... A cachorrinha dela foi atropelada... Sim, ela está aqui agora.

Enrubesceu de novo e pôs o fone no gancho, não antes de Gabriel ter escutado a voz do outro lado da linha dizer com raiva:

– Por que não falou logo, sua idiota?

Houve um instante de embaraço. Gabriel teve pena da sra. Burt – uma moça linda com medo do marido. Ponderou em seu jeito sincero e cordial:

– É muita bondade sua se incomodar, sra. Burt. – E abriu um sorriso para ela.

– Ah, é o mínimo que posso fazer, major Gabriel. O senhor *é* o major Gabriel, não é? – Ela parecia um pouco empolgada pela inesperada visita. – Fui ao comício no Instituto Feminino aquela noite.

– Foi muita gentileza sua, sra. Burt.

– Torço para que o senhor seja eleito... Tenho certeza de que vai se eleger. Todo mundo já está por aqui com o sr. Wilbraham. Ele não é daqui da Cornualha.

– Eu também não, aliás.

– Ah, mas *o senhor*...

Ela o mirou com olhos parecidos com os olhos castanhos de Lucinda, capazes de adoração heroica. O cabelo dela também era castanho – um belo tom de castanho. Ela entreabriu os lábios, olhou para John Gabriel e o viu num cenário sem lugar específico – uma paisagem de guerra. Deserto, calor, tiros, sangue, um vulto cambaleando no campo aberto... Paisagem como a do filme ao qual assistira na semana anterior.

E ele tão natural... tão gentil... tão *simples*!

Gabriel empenhou-se para não deixar o assunto terminar. Em especial não queria que ela voltasse à enfermaria e importunasse a coitada que desejava ficar a sós com a cadela. Ainda mais porque estava certo de que o bicho não escaparia. Pena, uma cadelinha tão bonita, com não mais de três ou quatro anos. Ali estava uma amável e pequenina mulher, ansiosa por demonstrar compaixão com palavras. Queria tagarelar sem parar, comentar sobre os carros, a estatística anual de cães atropelados e como Lucinda era uma cachorrinha encantadora. Queria oferecer à sra. Charteris uma xícara de chá.

Por isso, John Gabriel conversou com Milly Burt e a fez rir, mostrar os belos dentes e a cativante covinha numa das bochechas, perto da boca. Ela estava alegre e animada quando de repente a porta se abriu. Um homem atarracado, vestindo calças de montaria, entrou pisando forte.

Gabriel ficou estarrecido ao ver o modo como a esposa de Burt recuou e se encolheu.

– Ah, Jim... Que bom que você chegou! – exclamou nervosa. – Este é o major Gabriel.

James Burt fez um breve aceno de cabeça, e ela continuou:

– A sra. Charteris está na enfermaria com a cadela...

Burt a cortou:

– Por que você mesma não levou a cadela e não deixou a dona entrar? Sabe que eu não gosto de gente lá dentro. Você não tem a mínima noção.

– Quer que eu peça a ela que...

– Deixe que agora eu resolvo.

Passou por ela com um safanão de ombro e desceu as escadas até a enfermaria.

Milly Burt pestanejou para disfarçar lágrimas fugazes.

Perguntou ao major Gabriel se ele aceitava uma xícara de chá.

Por estar com pena da sra. Burt e por achar que o marido dela era um bruto rude e insensível, respondeu que sim.

E foi assim que tudo começou.

Capítulo 10

Um dia depois – talvez dois – Teresa trouxe a sra. Burt até minha sala de estar e então nos apresentou:

– Este é Hugh, meu cunhado. Hugh, esta é a sra. Burt, que se ofereceu gentilmente para nos ajudar.

Ela não se referia ao pessoal ali de casa, e sim ao Partido Conservador.

Olhei para Teresa. Permaneceu impassível. Os doces olhos castanhos da sra. Burt já se apiedavam de mim, plenos de compaixão feminina. Se alguma vez me dei ao luxo de sentir pena de mim, situações assim eram saudáveis corretivos. Contra a ávida compaixão no olhar da sra. Burt eu não tinha defesas. Num golpe baixo, Teresa saiu.

A sra. Burt sentou-se a meu lado pronta para tagarelar. Quando me recobrei da vergonha e da penúria, tive que admitir: ela era bonita.

– Acho mesmo – ela dizia – que temos de fazer tudo ao nosso alcance para a eleição. Receio não poder ajudar em muita coisa. Não sou inteligente. Não adianta eu sair por aí e tentar convencer as pessoas. Mas, como falei para a sra. Norreys, posso fazer serviço de escritório ou distribuir panfletos. O major Gabriel falou tão bem no Instituto sobre o papel das mulheres! Fez eu me sentir tremendamente relapsa. É um orador tão maravilhoso, não acha? Ah, eu esqueci... Imagino que o senhor...

Seu embaraço foi tocante. Olhou-me consternada. Com rapidez eu a socorri.

– Assisti ao primeiro discurso dele no Drill Hall. Sem dúvida, ele sabe atingir os efeitos desejados na plateia.

Sem suspeitar de sarcasmo, ela disse numa onda de emoção:

– Eu o acho espetacular.

– É exatamente isso que nós... queremos que todos achem.

– É melhor acharem mesmo – sentenciou Milly Burt. – Quero dizer, vai fazer toda a diferença para St. Loo ter um representante como ele no parlamento. Um homem de verdade, que realmente esteve no exército e lutou no front. Claro, o sr. Wilbraham é boa gente, mas sempre acho esses socialistas tão excêntricos. E, afinal, ele é só um professor ou algo parecido... Sem falar no desleixo na aparência e no tom empolado da voz. Ele não dá a impressão de já ter realmente *feito* alguma coisa.

Escutei a voz do eleitorado com certo interesse e observei que John Gabriel certamente tinha realizações no currículo.

Ela corou de entusiasmo.

– Ouvi falar que é um dos homens mais corajosos de todo o exército. O pessoal comenta que, se dependesse dele, teria recebido a Cruz Vitória mais de uma vez.

Pelo visto, Gabriel lograra formar uma imagem pública adequada. A menos, é claro, que fosse entusiasmo pessoal da sra. Burt. Linda, ela – ligeiro rubor nas faces e cintilante admiração nos olhos.

– Veio com a sra. Bigham Charteris – explicou – no dia em que a cachorrinha foi atropelada. Foi gentil da parte dele, não é mesmo? Mostrou muita preocupação com o caso.

– Talvez ele seja fã de cachorros – ponderei.

Era o tipo de ideia trivial demais para Milly Burt.

– Não – discordou ela. – É porque ele é tão bondoso... tão incrivelmente bondoso. Falou comigo de um jeito tão natural e agradável.

Fez uma pausa e continuou:

– Fiquei envergonhada. Digo, envergonhada por não ter feito mais em prol da causa. É claro, sempre votei no Partido Conservador, mas só votar não é suficiente, ou é?

– Isso – comentei – é questão de opinião.

– Então senti mesmo que devia fazer *algo*, eu vim aqui para perguntar ao capitão Carslake o que posso fazer. Tenho tempo de sobra. O sr. Burt é tão ocupado! Quando não está na clínica, vai atender nas propriedades. E não temos filhos.

Uma expressão diferente perpassou seus olhos castanhos – senti pena dela. Era o tipo de mulher que devia ter tido filhos. Teria sido ótima mãe.

Com a maternidade frustrada ainda estampada no rosto, ela abandonou John Gabriel e concentrou-se em mim.

– Feriu-se em Alamein, não foi? – indagou.

– Não – corrigi furioso. – Na Harrow Road.

– Ah – disse ela muito surpresa –, mas o major Gabriel falou que...

– Típico de Gabriel – atalhei. – Melhor não acreditar em nada que ele diz.

Sorriu duvidosa. Percebeu a piada, mas não a entendeu direito.

– O senhor parece estar em ótima forma – comentou de modo encorajador.

– Minha cara sra. Burt, não pareço nem me sinto em forma.

Ela observou com muita delicadeza:

– Sinto muito mesmo, capitão Norreys.

Antes de eu cometer uma tentativa de homicídio, a porta se abriu. Carslake e Gabriel entraram.

Gabriel fez bem o seu papel. Abriu um sorriso e caminhou na direção dela.

– Olá, sra. Burt. Que ótimo contar com a senhora! É realmente maravilhoso.

Feliz e tímida, ela comentou:

– Ora, deixe disso, major Gabriel... Não sei se consigo ajudar. Mas *quero* ajudar.

– E vai. Fique certa, trabalho é o que *não* falta. – Segurou a mão dela com um largo sorriso no rosto feio. Pude sentir o feitiço e o magnetismo do candidato. E a mulher sentiu ainda mais. Riu e corou.

– Vou me esforçar ao máximo. É importante a nação demonstrar lealdade ao sr. Churchill, não é?

Mais importante, me deu vontade de dizer, seria demonstrar lealdade a John Gabriel e o eleger com uma boa maioria.

– O espírito é esse – concordou Gabriel efusivamente. – Hoje em dia, as mulheres têm o poder decisório nas eleições. Basta que utilizem esse poder.

– Sei – ela admitiu com ar sério. – Temos que nos *importar* mais.

– Não dê bola – disse Gabriel. – Talvez os candidatos sejam todos vinho da mesma pipa, afinal de contas.

– Ora, major Gabriel – disse ela chocada. – É claro que são de pipas bem diferentes.

– Sim, sem dúvida, sra. Burt – interpôs Carslake. – E aposto que Gabriel ainda vai ser aplaudido em Westminster.

Tive vontade de dizer: "Será mesmo?", mas me contive. Carslake saiu com a voluntária para lhe dar panfletos para distribuir e tentos para datilografar. Gabriel comentou quando a porta se fechou atrás deles:

– Mulher simpática, essa.

– Sem dúvida, está comendo em sua mão.

Fitou-me com o cenho franzido.

– Deixe de gracinhas, Norreys. Eu gosto da sra. Burt. E sinto pena dela. Se quiser saber, acho que a vida dela não é nada fácil.

– É bem possível. Não aparenta ser lá muito feliz.

– Burt é um diabo embrutecido. Um beberrão sórdido. Deve ser violento. Ontem notei vários hematomas no braço dela. Aposto que bate nela. Meu sangue ferve quando vejo uma coisa dessas.

Fiquei um pouco surpreso. Gabriel percebeu a minha surpresa e balançou a cabeça enfaticamente.

– Não estou fingindo. A crueldade sempre me revolta... Já pensou no tipo de vida que essas mulheres são obrigadas a levar? Sofrendo caladas?

– A lei dá amparo a elas, eu imagino – ponderei.

– Não dá, não, Norreys. Não até que se esgote o último recurso. Maus-tratos sistemáticos, grosseria e sarcasmo constantes, uma pitada de violência quando bebe além da conta... O que a mulher pode fazer, além de engolir em seco e sofrer calada? Mulheres como Milly Burt não têm dinheiro próprio. Para onde iriam se fugissem dos maridos? Parentes não gostam de incentivar problemas conjugais. Mulheres como Milly Burt são muito sozinhas. Ninguém move uma palha para ajudá-las.

– Sim – eu disse –, isso é verdade...

Eu o mirei curioso.

– Está muito irritado?

– Acha que não tenho um pingo de compaixão? Gosto daquela moça. Tenho pena dela. Queria fazer algo... Mas acho que não há nada a fazer.

Eu me virei inquieto. Ou melhor, a bem da exatidão: tentei me virar e recebi como recompensa uma pontada aguda e dolorida de meu corpo mutilado. Junto com a dor física, veio outra dor, mais sutil: a dor da lembrança. Vi-me outra vez no trem da Cornualha rumo a Londres, observando lágrimas escorrerem num prato de sopa...

Foi assim que tudo começou – e não como se imagina. A impotência perante a compaixão que deixa à mercê dos percalços da vida e nos conduz para... onde? No meu caso, para uma cadeira de rodas, sem qualquer futuro e com um passado que zombava de mim...

Falei de modo abrupto (na minha cabeça havia uma conexão, mas para Gabriel a transição deve ter soado muito brusca):

– Como vai o pedaço de mau caminho lá no King's Arms?

Abriu um sorrisinho irônico.

– Sob controle, meu garoto. Ando na linha. Só negócios enquanto estiver em St. Loo. – Soltou um suspiro. – Pena. Ela é meu número... Mas não se pode ter tudo na vida! O essencial é não decepcionar o Partido Tóri.

Perguntei se o Partido Tóri era tão escrupuloso; ele alegou que havia um elemento fortemente puritano em St. Loo e que pescadores tendem a ser religiosos.

– Mesmo com uma mulher em cada porto?

– Essa é a Marinha, meu velho. Não se confunda.

– Bem, é melhor *você* não se confundir. E não se meter com a moça do King's Arms nem com a sra. Burt.

De modo inesperado, ele se irritou com o comentário.

– O que está insinuando? A sra. Burt é uma dama honrada, completamente honrada. Uma boa menina.

Observei-o com curiosidade.

– É uma boa moça, estou lhe dizendo – insistiu ele. – Não faria nada ilícito.

– Verdade – concordei. – Não faria mesmo. Mas ela o admira muito.

– Ah, isso é reflexo da minha condecoração, do resgate no cais e de outros boatos que correm por aí.

– Eu ia mesmo perguntar. Quem está por trás desses boatos?

Ele piscou.

– Só vou lhe dizer uma coisa: esses boatos são úteis, e como são. O Wilbraham não vai ter nem chance, o coitado.

– Quem começou os boatos... Carslake?

Gabriel meneou a cabeça.

– Carslake não. É muito sem jeito. Não confio nele. Fui à luta eu mesmo.

Desatei a rir.

– Está falando sério? Teve a coragem de sair dizendo por aí que poderia ter recebido a Cruz Vitória três vezes seguidas?

– Não é bem assim. Utilizo as mulheres, as menos inteligentes... Arrancam detalhes de mim, detalhes que forneço com relutância. Depois fico horrivelmente constrangido e suplico que não contem para ninguém. Mas logo correm e contam tudo para as amigas.

– Você não tem um pingo de vergonha na cara, Gabriel.

– Estou no meio de uma corrida eleitoral. Tenho que pensar na minha carreira. Isso vale bem mais do que minha opinião sobre tarifas de importação, indenizações ou equiparação salarial. Mulheres sempre procuram o elemento pessoal.

– Isso me faz lembrar uma coisa... Que diabos você tinha na cabeça ao dizer para a sra. Burt que fui ferido em Alamein?

Gabriel suspirou.

– Imagino que a tenha desiludido. Não devia ter feito isso, meu velho. Colha os frutos enquanto a safra é boa. Agora os heróis são altamente valorizados. Daqui a um tempo vão estar em baixa. Colha os frutos enquanto é tempo.

– Sob alegações falsas?

– É inútil dizer a verdade às mulheres. Nunca digo. Elas não gostam, vai descobrir.

– Isso é um pouco diferente de contar uma mentira deliberada.

– Não é preciso mentir. Já menti por você. Basta balbuciar: "Besteira, não é bem assim... Gabriel devia ter guardado segredo..." e desviar o assunto para o clima, a pesca de sardinhas ou a conjuntura da obscura Rússia. E a garota vai embora com os olhos arregalados de entusiasmo. Caramba, você é contra *qualquer tipo* de divertimento?

– Que divertimento eu posso ter hoje em dia?

– Bem, sei que você não vai levar nenhuma delas para a cama... – Gabriel raramente media as palavras. – Mas um pouco de melodrama é melhor do que nada. Não quer que as mulheres o papariquem?

– Não.

– Engraçado... eu quero.

– Tenho lá minhas dúvidas.

Gabriel mudou de expressão. Franziu a testa e disse devagar:

– Talvez tenha razão... Imagino que afinal nenhum de nós se conhece... *Eu* acho que conheço John Gabriel muito bem. Sugere que talvez eu não o conheça tão bem quanto penso. Este é o major John Gabriel, acho que vocês dois não se conhecem...

Zanzou para lá e para cá na sala. Percebi que eu havia atingido alguma inquietude profunda. Ele parecia – de repente me dei conta – um menino assustado.

– Está enganado – ele disse. – Redondamente enganado. Sei quem eu sou *de verdade*. É a única coisa que sei. Mas às vezes gostaria de não saber... Sei exatamente quem sou e do que sou capaz. Tomo cuidado para as outras pessoas não se darem conta disso. Sei de onde vim e para onde vou. Sei o que quero... E vou fazer de tudo para conseguir. Planejei tudo nos mínimos detalhes e não pretendo cometer deslizes. – Meditou por um instante. – Sim, acho que estou no caminho certo. Vou chegar lá!

O timbre em sua voz deixou-me interessado. Por um breve instante, acreditei que John Gabriel era mais que um charlatão – eu o visualizei como uma potência.

– Então *é isso* que você quer – eu disse. – Bem, talvez consiga.

– Consiga o quê?

– Poder. É a isso que se referia, não é?

Olhou para mim e caiu na risada.

– Puxa vida, não. Quem pensa que sou... Hitler? Não almejo o poder. Não ambiciono dominar meus semelhantes nem o mundo. Caramba, acha que é por isso que estou concorrendo? Papo furado de dominação? Quero é um emprego fácil. Nada mais.

Eu o encarei perplexo. Não escondi a decepção. Por um átimo, John Gabriel adquirira proporções titânicas. Agora encolhera ao tamanho natural. Atirou-se numa poltrona e esticou as pernas. Súbito enxerguei-o separado de seu encanto – um homenzinho nojento e ganancioso.

– E dê graças aos céus – retomou – que isso é tudo que eu *realmente* quero! Políticos gananciosos e interesseiros não perturbam o mundo. Há lugar no mundo para eles. São o tipo certo para estar no governo. Que os céus ajudem o país cujo governante tem projetos! Um homem com projetos na cabeça tiraniza o povo, deixa as criancinhas passarem fome e oprime as mulheres sem nem ao menos se dar conta. Ele nem sequer se *importa*. Mas um sujeito egocêntrico e ambicioso não prejudica ninguém... Só quer seu quinhão de conforto e, depois de alcançá-lo, agrada-lhe deixar o povo feliz e contente. Até faz questão de deixá-lo feliz e contente: evita incômodos. Sei bem o que a maioria do povo deseja. Não é muita coisa: sentir-se importante, ter a oportunidade de se sair um pouco melhor do que o vizinho e não se sentir mandado pelo governo. Pode escrever, Norreys, esse vai ser o maior erro do Partido Trabalhista quando chegar ao governo...

– Se é que vai chegar – atalhei.

– Vai sim – garantiu Gabriel. – E digo qual vai ser o erro deles. Vão começar a mandar nas pessoas. Tudo na melhor das intenções. Quem não é tóri convicto é entusiasta excêntrico. E Deus nos livre de entusiastas! É incrível o sofrimento que um idealista exultante pode infligir num país decente e respeitador das leis.

Provoquei:

– Então você sabe o que é melhor para o país?

– Que nada. Sei o que é melhor para John Gabriel. O país está a salvo: não vai ser cobaia de meus experimentos. Vou pensar no meu bem-estar e em como me inserir no sistema de modo confortável. Não dou a mínima para ser primeiro-ministro.

– Você me surpreende!

– Não se engane, Norreys. Eu provavelmente *posso* chegar a primeiro-ministro se quiser. É espantoso o que conseguimos fazer com a simples estratégia de estudar o que o povo quer ouvir e então dizer a ele! Mas o cargo de primeiro-ministro envolve muita preocupação e trabalho duro. Só quero ficar famoso, nada mais...

– E vai ganhar dinheiro onde? Seiscentas libras por ano não é lá grande coisa.

– Os trabalhistas terão de aumentar quando assumirem o poder. É provável que arredondem para mil libras. Mas não se iluda. Há várias maneiras de enriquecer com a política. Algumas honestas, outras nem tanto. Sem falar no casamento...

– Já planejou o casamento também? Alguém da nobreza?

Por alguma razão, ele ruborizou. Respondeu com veemência:

– Não. Eu não pretendo me casar com alguém de outra classe social. Ah, sim, sei bem qual é a minha classe. Não sou um cavalheiro.

– E essa palavra significa algo hoje em dia? – questionei em tom cético.

– A palavra, não. Mas o que a palavra significa ainda vale.

Fitou o vazio. Quando falou, sua voz soou reflexiva e longínqua.

– Lembro que uma vez fui junto com meu pai num casarão. Ele foi consertar a caldeira da cozinha. Esperei do lado de fora da casa. Uma menina veio falar comigo. Legal, ela. Um pouco mais velha do que eu. Ela me levou para conhecer o jardim... Um jardim enorme, diga-se de passagem. Chafarizes. E quiosques. E cedros enormes. E um gramado verde macio como veludo. O irmão dela também estava lá. Ele era mais novo. Brincamos de esconde-esconde e pega-pega. Foi divertido. Nós nos entendemos às mil maravilhas. E então uma governanta saiu da casa, toda arrogante, num uniforme impecável. Pam, esse era o nome da menina, correu dançando na direção dela e disse que eu tinha que tomar chá com eles na salinha das crianças. Ela queria me convidar para o chá. Nunca vou esquecer da cara esnobe e do ar convencido da governanta, nem de sua voz afetada: "Não pode fazer isso, querida. É só um menininho plebeu".

Gabriel parou. Eu estava chocado – chocado com o que a crueldade impensada e inconsciente era capaz. Ele continuou a ouvir aquela voz e a rever aquele rosto desde então... Ficou magoado, magoado até o âmago.

– Mas espere – ponderei. – Não foi a mãe da criança. Foi um comentário bastante subalterno e sem classe... Sem falar na crueldade...

Virou o rosto pálido e sombrio em minha direção.

— Não entende, Norreys. Certo, uma dama não diria uma coisa dessas... Seria mais compreensiva. Mas a governanta disse uma verdade irrefutável. Eu *era* um menininho plebeu. *Ainda sou* um menininho plebeu. E vou morrer sendo.

— Não seja ridículo! Que importância tem essa história?

— Nenhuma. Ela deixou de ter importância. Na realidade, hoje em dia é vantajoso não ser nobre e cavalheiro. O pessoal sorri com desdém ao ver aquelas damas de postura ereta e aqueles cavalheiros de boa família sem condições para sobreviver. Hoje em dia, só somos esnobes quando o assunto é educação. A educação é nosso fetiche. Mas o problema, Norreys, é que eu não queria ser um menininho plebeu. Cheguei em casa e disse a meu pai: "Pai, quando crescer quero ser um lorde. Quero ser Lorde John Gabriel". Ele me respondeu: "Pois isso você nunca vai ser. Para ser lorde é preciso nascer lorde. Até podem torná-lo nobre se você ficar muito rico, mas não é a mesma coisa". E ele estava certo, não é a mesma coisa. Existe algo que eu nunca vou ter... e não me refiro ao título honorífico. Eu me refiro a nascer seguro de si e saber o que fazer e falar. A ser rude apenas quando se quer ser e não só porque se está indignado e desconfortável e se quer mostrar que é tão bom quanto qualquer outro. A não se irritar e ficar sempre imaginando o que estão pensando de nós, quando na verdade *nós* é que estamos preocupados com o que pensamos *deles*. A ter consciência de que não importa se somos esquisitos, maltrapilhos ou peculiares, porque somos o que somos...

— Porque, de fato, somos alguém como Lady St. Loo? — sugeri.

— O diabo que carregue a megera! — esbravejou John Gabriel.

Observei-o com razoável interesse. Ele continuou:

– Para você não é real, não é mesmo? Não entende o que eu quero dizer. Pensa que entende, mas não chega nem perto.

– Eu sabia – comecei devagarinho – que havia acontecido algo em seu passado... que um dia você tinha vivido algum trauma... Foi magoado, humilhado, quando era criança. De certo modo, nunca se recuperou...

– Pode parar com a psicologia – pediu Gabriel sucintamente. – É por isso que a amizade com nossa querida Milly Burt me deixa feliz. E é com esse tipo de moça que vou me casar. Ela precisa ter dinheiro, é claro, mas, com ou sem dinheiro, tem que ser da minha classe social. Já imaginou que inferno seria eu me casar com uma moça de nariz empinado e cara amarrada e passar o resto da vida tentando corresponder às expectativas?

Fez uma pausa e disse de chofre:

– Você esteve na Itália. Foi até Pisa?

– Estive em Pisa... Alguns anos atrás.

– Acho que é em Pisa que há uma pintura na parede... Céu, inferno, purgatório e tudo o mais. O inferno é bem alegre, com diabinhos tentando empurrar a gente para baixo com tridentes. No céu, lá em cima, uma fileira de beatas embaixo das árvores com expressão presunçosa. Meu Deus, aquelas mulheres! Não sabem nada do inferno, não sabem nada dos amaldiçoados, não sabem nada de *nada*! Só ficam lá sentadas, sorrindo com ar arrogante... – Ficou ainda mais indignado. – Presunção e arrogância... Deus, como eu gostaria de arrancá-las da sombra das árvores e daquele estado de beatitude e jogá-las nas chamas do inferno! E mantê-las lá se contorcendo, fazê-las sentir dor, fazê-las sofrer! Que direito elas têm de não saber o que é sofrer? Sentadas, sorridentes, intocáveis... A cabeça nas estrelas... Isso mesmo, nas estrelas...

Levantou-se, baixou a voz e relanceou-me o olhar: um olhar vago, tateante...

– Nas estrelas – repetiu.

Então deu uma risada.

– Desculpe o desabafo. Mas, afinal, por que não? A Harrow Road fez de você uma bonita sucata, mas ainda presta para alguma coisa... Para me dar ouvidos quando quero falar... Vai descobrir, calculo eu, que as pessoas vão falar muito com você.

– Já descobri.

– Sabe por quê? Não é porque você é um ouvinte maravilhosamente compreensivo ou coisa parecida. É porque você não presta para mais nada.

Permaneceu ali, a cabeça meio torta, fitando-me com os olhos ainda irritados. Queria me magoar com suas palavras, acho. Mas não me magoou. Em vez disso, senti um considerável alívio por escutar, com todas as letras, aquilo de que eu já desconfiava...

– Não entendo por que diabos você não termina logo com isso – disse ele. – Não tem meios?

– Tenho os meios sim – respondi, e meus dedos fecharam-se ao redor do frasco de comprimidos.

– Percebo – disse ele. – Você é mais corajoso do que eu pensava...

Capítulo 11

Na manhã seguinte, a sra. Carslake passou um tempo conversando comigo. Eu não gostava da sra. Carslake. Morena, magricela, de língua viperina. Não lembro, durante todo o tempo em que estive em Polnorth House, de um comentário amável dela sobre alguém. Às vezes, por puro divertimento, eu mencionava um nome e esperava a doçura inicial transformar-se em fel.

Agora a vítima era Milly Burt.

– Uma gracinha, ela. E tão ansiosa para ajudar. Meio burrinha, é claro, e não muito culta politicamente. Mulheres da classe dela são apáticas em matéria de política.

Algo me dizia que Milly Burt e a sra. Carslake pertenciam à mesma classe social. Para alfinetá-la, comentei:

– Como Teresa, não é?

A sra. Carslake pareceu chocada.

– Ora, mas a sra. Norreys é muito inteligente – e então veio a dose usual de peçonha –, às vezes, inteligente *até demais*. Muitas vezes, tenho a impressão de que ela despreza a todos. Mulheres intelectuais em geral só se preocupam com o próprio umbigo, não acha? É claro, não estou insinuando que a sra. Norreys seja egoísta...

Então retornou a Milly Burt.

– É bom que a sra. Burt tenha algo para fazer – comentou ela. – Receio que sua vida no lar não seja muito feliz.

– Lamento ouvir isso.

– Burt vai de mal a pior. Sai cambaleante do King's Arms na hora de fechar. Realmente me surpreende como é que ainda vendem bebida para ele. E acho que às vezes fica violento... Pelo menos é o que os vizinhos comentam. Ela morre de medo dele.

O nariz dela estremeceu na ponta – um tremor que, concluí, revelava sensações prazerosas.

– Por que ela não o abandona? – perguntei.

A sra. Carslake pareceu escandalizada.

– Ora, capitão Norreys, ela não teria como fazer *isso*! Para onde iria? Não tem parente algum. Às vezes, imagino que se um jovem complacente aparecesse... Sabe, não me parece que ela tenha princípios rígidos. E à primeira vista até que é atraente.

– Não gosta muito dela, gosta? – indaguei.

– Ah, gosto, sim, mas é claro que não a conheço direito. Um veterinário... Bem, quero dizer, não é o mesmo que um médico.

Após frisar essa distinção social com bastante clareza, a sra. Carslake perguntou de modo solícito se podia fazer algo por mim.

– É muita delicadeza sua. Não preciso de nada, não – respondi com o olhar fito na janela.

Ela seguiu o meu olhar.

– Ah – murmurou ela. – É Isabella Charteris.

Assistimos juntos Isabella aproximar-se pelo campo, ultrapassar o portão e subir os degraus do jardim.

– Mocinha muito bonita – elogiou a sra. Carslake. – Mas calada como só ela. Algumas vezes, acho que essas moças quietas são meio dissimuladas.

A palavra "dissimulada" deixou-me indignado. Não pude dizer nada, pois essa foi a deixa que a sra. Carslake utilizou para sair de cena.

Dissimulada – que palavra horrível! Em especial quando aplicada à Isabella. A qualidade mais clara em Isabella era a sinceridade – uma sinceridade destemida, quase meticulosa.

Ao menos... Súbito me lembrei do jeito com que ela deixou a echarpe cobrir os comprimidos espalhados na grama. A facilidade com que fingiu estar no meio da conversa. E tudo sem nervosismo ou espalhafato. Simples e natural. Como se a vida toda estivera fazendo aquele tipo de coisa.

Era a isso, talvez, que a sra. Carslake se referira com "dissimulada"?

Pensei em mais tarde perguntar à Teresa o que ela achava. Teresa não tinha o costume de ventilar opiniões, mas se você pedisse poderia obtê-las.

Quando Isabella chegou, percebi sua inquietude. Não sei se outras pessoas teriam percebido, mas logo me saltou aos olhos. Até certo ponto, eu começava a conhecer Isabella razoavelmente bem.

Começou a falar de modo abrupto, sem perder tempo com cumprimentos.

– Rupert está vindo – anunciou. – Vai chegar a qualquer dia. Vem para a Inglaterra de avião, é claro.

Sentou-se com um sorriso, as mãos finas e compridas entrelaçadas no colo. Lá fora, atrás da cabeça dela, a copa do teixo fazia um mosaico contra o céu. Isabella ficou ali sentada em êxtase. A postura e a cena protagonizada por ela me lembravam de algo. Algo que eu vira ou escutara há pouco tempo...

– A vinda dele significa muito para você? – indaguei.

– Sim, e como. Tenho esperado por isso há muito tempo – acrescentou ela.

Haveria algo de poético em Isabella? Ela pertencia, de algum modo, à época de Tennyson?

– Esperado por Rupert?

– Sim.

– Gosta tanto assim dele?

– Acho que gosto mais de Rupert do que qualquer outra pessoa no mundo. – Em seguida acrescentou, imprimindo de alguma maneira um tom distinto à repetição das mesmas palavras: – Acho... que gosto.

– Não tem certeza?

Fitou-me com uma perturbação repentina e séria.

– E por acaso temos certeza de alguma coisa?

Não era uma revelação de como ela se sentia. Sem dúvida, era uma pergunta.

Ela me perguntou, pois achava que eu sabia a resposta. Ela nem sonhava o quanto essa pergunta em especial me magoava.

– Não – eu disse, e minha voz soou áspera até mesmo aos meus ouvidos. – Nunca temos certeza de nada.

Aceitou a resposta e baixou o olhar à placidez das mãos entrelaçadas.

– Sei – disse ela. – Sei.

– Há quanto tempo não se encontram?

– Oito anos.

– Que criatura romântica você é, Isabella – comentei.

Fitou-me com olhos indagadores.

– Só porque acredito que Rupert vai voltar para casa e vamos nos casar? Mas não é realmente romântico. É mais como se fosse o desenho de um bordado... – As mãos finas e compridas ganharam vida, traçando um curso na superfície do vestido. – Meu desenho e o dele. Vão se encontrar e se unir. Não acredito que um dia eu vá sair de St. Loo. Nasci e sempre morei aqui. Quero continuar a morar aqui... Espero morrer aqui.

Estremeceu um pouco ao dizer as últimas palavras. Ao mesmo tempo, uma nuvem tapou o sol.

Novamente pensei no estranho pavor que ela sentia da morte.

– Acho que sua morte está muito, muito longe, Isabella – consolei. – Você é bastante forte e saudável.

Ela assentiu com avidez.

– Sim, sou muito forte. Nunca adoeço. Posso chegar aos noventa e poucos anos, não acha? Ou até mesmo a um século. Afinal de contas, algumas pessoas chegam.

Tentei imaginar Isabella aos noventa. Não consegui. E, no entanto, era fácil pensar em Lady St. Loo aos cem anos. Pois, com sua personalidade vigorosa e enérgica, Lady St. Loo impunha sua vontade à vida; sabia-se capaz de controlar e criar os fatos. Ela lutava pela vida – Isabella a aceitava.

Gabriel abriu a porta e entrou dizendo:

– Olhe aqui, Norreys – e então parou ao ver Isabella.

Saudou:

– Ah, bom dia, srta. Charteris.

Pareceu meio desajeitado e constrangido. Seria, perguntei-me divertidamente, a sombra de Lady St. Loo?

– Conversa sobre vida e morte – informei contente. – Acabo de profetizar que a srta. Charteris vai chegar aos noventa anos.

– Não acho que ela gostaria – disse Gabriel. – Quem gostaria?

– Eu – disse Isabella.

– Por quê?

Ela disse:

– Não quero morrer.

– Ah – animou-se Gabriel –, morrer ninguém quer. Ou melhor, ninguém liga para a morte, mas todo mundo tem medo de morrer. Negócio doloroso e confuso.

– Eu ligo para a morte – disse Isabella. – Mas para a dor eu não ligo. Aguento muita dor.

– Isso é o que você pensa – observou Gabriel.

Algo em seu tom zombeteiro e desdenhoso irritou Isabella. Ela corou.

– Aguento a dor.

Os dois entreolharam-se. No olhar de Gabriel, desdém; no de Isabella, desafio.

Então Gabriel fez algo que eu quase nem acreditei.

Eu tinha baixado o cigarro. Gabriel, com um gesto rápido, debruçou-se sobre mim, pegou meu cigarro e aproximou a ponta acesa do braço de Isabella.

Ela não recuou nem mexeu o braço.

Acho que gritei em protesto, mas nenhum dos dois prestou atenção. Ele apertou a ponta acesa na pele dela.

Naquela hora, senti toda a angústia e ignomínia de ser aleijado. Senti-me impotente, atado, incapaz. Não pude fazer nada. Revoltado com a selvageria de Gabriel, eu não podia impedi-la.

Vi o rosto de Isabella lentamente empalidecer de dor. Os lábios se apertaram. Ela não se mexeu. O olhar dela estava fito no de Gabriel.

– Está louco, Gabriel? – gritei. – O que pensa que está fazendo?

Não prestou a mínima atenção a mim. Era como se eu não estivesse na sala.

Súbito, com um rápido movimento, ele atirou o cigarro na lareira.

– Sinto muito – disse ele a Isabella. – Você suporta a dor, sim.

E logo após, sem mais palavras, retirou-se.

Eu quase não conseguia articular a fala.

– Bárbaro... selvagem... Onde ele estava com a cabeça? Merecia um tiro...

Isabella, com o olhar fixo na porta, devagarinho enrolava um lenço ao redor do braço queimado. Fazia isso de um modo quase distraído. Como se os pensamentos dela estivessem em outro lugar.

Então, de um lugar remoto, por assim dizer, ela me fitou.

Parecia um pouco surpresa.

– Qual é o problema? – indagou.

Tentei, de modo incoerente, explicar o que eu pensava do ato de Gabriel.

– Não vejo – frisou ela – motivo para se chatear tanto. O major Gabriel só queria ver se eu aguentava a dor. Agora sabe que eu aguento.

Capítulo 12

À tarde um chá. Uma sobrinha da sra. Carslake veio passar uns dias em St. Loo. Era ex-colega de Isabella, contou a sra. Carslake. Eu não conseguia imaginar Isabella colegial, então logo concordei quando Teresa sugeriu convidar a sra. Carslake e a sobrinha dela, agora sra. Mordaunt, para o chá. Teresa também convidou Isabella.

– Anne Mordaunt vai aparecer. Acho que ela foi sua colega.

– Havia uma porção de Annes – comentou Isabella vagamente. – Anne Trenchard, Anne Langley e Anne Thompson.

– Esqueci o nome dela de solteira. A sra. Carslake me disse.

Constatou-se que Anne Mordaunt era Anne Thompson. Moça animada, tão autoconfiante que chegava a ser desagradável. (Ao menos essa foi a minha impressão.) Colaborava num dos ministérios em Londres, e o marido dela trabalhava em outro. O filho deles, convenientemente, fora destinado a um lugar onde não atrapalhasse a valiosa contribuição de Anne Mordaunt ao esforço de guerra.

– Se bem que mamãe acha que podemos trazer Tony de volta, agora que os bombardeios cessaram. Mas, para ser sincera, acho dificílimo manter um filho em Londres na atual conjuntura. O apartamento é tão pequeno e é impossível conseguir uma babá decente. E há refeições para providenciar, é claro, e eu passo o dia fora de casa.

– Acho mesmo – afirmei – que foi um ato de muito patriotismo a senhora ter um filho mesmo tendo um serviço tão relevante a fazer.

Teresa, sentada atrás da grande baixela de prata com os apetrechos do chá, não conteve um sorriso. E balançou, com muita suavidade, a cabeça na minha direção.

Mas a sra. Mordaunt não levou a mal o comentário. Ao contrário: parece ter gostado.

– Numa hora dessas – vaticinou ela – ninguém pode se esquivar das responsabilidades. A nação precisa muito de crianças. Em especial, crianças de nossa classe social. – E acrescentou numa espécie de reflexão tardia: – Além disso, sou absolutamente dedicada a Tony.

Então se virou para Isabella e mergulhou em reminiscências dos velhos tempos no St. Ninian's. Pareceu-me uma conversa em que uma das duas participantes não sabia direito o seu papel. Anne Mordaunt teve que ajudá-la mais de uma vez.

A sra. Carslake murmurou para Teresa em tom de desculpa:

– Sinto muito pelo atraso de Dick. Não tenho ideia do motivo. Calculou que chegaria às quatro e meia.

Isabella disse:

– Acho que o major Gabriel está com ele. Passou na frente da casa há uns quinze minutos.

Fiquei surpreso. Eu não tinha visto ninguém passar. Isabella, de costas para a janela, também não podia ter visto. Eu não tirara os olhos dela e, com certeza absoluta, ela não virou a cabeça nem aparentou notar a presença de alguém. Sua audição era muito aguçada, eu sabia. Mas intrigou-me o fato de ela saber que era Gabriel.

Teresa disse:

– Isabella, imagino se ia se importar (não, por favor, não se incomode, sra. Carslake) de ir até lá e convidá-los para o chá.

Assistimos ao vulto alto de Isabella desaparecer pelo vão da porta. A sra. Mordaunt comentou:

– Isabella não mudou nada. Está igualzinha. Sempre foi estranha. Caminhava como num sonho. Nós sempre reclamávamos que ela era muito sabida.

– Sabida? – perguntei bruscamente. Ela se virou para mim.

– Sim, não sabia? Isabella é inteligentíssima. A srta. Curtis (a diretora) ficou inconsolável porque ela não foi a Somerville continuar os estudos. Quando entrou no colégio, ela já tinha quinze anos, mas mesmo assim se destacou.

Eu ainda considerava Isabella uma criatura encantadora de se olhar, mas não muito privilegiada em termos intelectuais. Fitei Anne Mordaunt com ar cético.

– Em que matérias ela se saía bem? – perguntei.

– Astronomia, matemática. Era excelente em matemática. E em latim e francês. Tinha facilidade para aprender qualquer coisa. Apesar disso não valorizava o dom que tinha. Isso entristeceu a srta. Curtis. Tudo o que Isabella queria era voltar a este lugarejo e se acomodar em seu antiquado e pomposo castelo.

Isabella voltou com o capitão Carslake e Gabriel.

O chá foi um sucesso.

– O que me deixa tão desconcertado, Teresa – comentei mais tarde naquela noite –, é a impossibilidade de conhecer a essência de um ser humano em particular. Considere Isabella Charteris, por exemplo. A tal Mordaunt a descreveu como sabida. No começo, eu a achava praticamente uma retardada. E não é só isso. Eu também podia apostar que uma das características especiais de Isabella era a sinceridade. Mas a sra. Carslake diz que ela é dissimulada. Dissimulada! Palavrinha detestável. John Gabriel diz que ela tem o nariz empinado e é cheia de si. Você... bem, na realidade não sei o que você pensa, é raro você falar de alguém em caráter pessoal. Mas qual é a verdade sobre uma criatura humana que desperta impressões tão diferentes nas pessoas?

Robert, que raramente entrava em nossas conversas, mexeu-se inquieto e disse de modo bastante inesperado:

– Mas não é exatamente esse o ponto? Parecemos diferentes para pessoas diferentes. Isso ocorre com as coisas também. As árvores, por exemplo, ou o oceano. Dois pintores nos dão ideias completamente diferentes da enseada de St. Loo.

– Quer dizer que um a pinta de modo realista e o outro de modo abstrato?

Robert meneou a cabeça com enfado. Ele odiava falar sobre arte. Nunca sabia as palavras certas para se expressar.

– Não – disse ele. – Na verdade, os dois enxergariam a enseada de modo diferente. Não sei, mas é provável que em tudo selecionemos só aquilo que a nosso ver é significativo.

– E acha que o mesmo acontece com as pessoas? Mas ninguém pode ter duas qualidades diametralmente opostas. Isabella, por exemplo. Não pode ser ao mesmo tempo uma intelectual e uma retardada!

– Aí é que você se engana, Hugh – disse Teresa.

– Minha querida Teresa!

Teresa sorriu. Falou lenta e ponderadamente.

– Você pode ter uma qualidade e não utilizá-la. Ao menos se tiver um método mais simples que chegue aos mesmos resultados ou que (mais provável) cause menos incômodo. O fato, Hugh, é que todos nós, ao evoluirmos, nos afastamos tanto da simplicidade que não mais a reconhecemos quando nos deparamos com ela. Sentir uma coisa é sempre mais fácil (e menos incômodo) do que pensá-la. Só que, na complexidade da vida civilizada, o sentimento não tem exatidão suficiente.

"Darei um exemplo do que eu quero dizer. Sabe quando alguém pergunta em que parte do dia estamos? Manhã, meio-dia, tardinha, noite... Grosso modo, nem precisamos pensar. E não precisamos, para isso, de conhecimento exato nem de dispositivos (relógios de sol ou de água, cronômetros, relógios de pulso ou de parede). Contudo, se temos de atender a compromissos com hora marcada, pegar trens e estar em lugares específicos em horários específicos, precisamos nos precaver e elaborar mecanismos complicados, a bem da precisão. Acho que uma postura em relação à vida pode ser similar. Nós nos alegramos ou nos irritamos, gostamos de algo ou alguém, antipatizamos com algo ou alguém, ficamos tristes. Pessoas como você e eu, Hugh (Robert nem tanto), *raciocinam* sobre aquilo que sentem, *analisam* e *estudam* seus sentimentos. Examinam a situação toda e tentam descobrir o *motivo*. 'Estou feliz por isso ou aquilo, gosto disso e daquilo por isso ou aquilo, hoje estou triste por isso ou aquilo.' Só que muitas vezes elas se dão os motivos errados e se iludem propositalmente. Mas Isabella, eu acho, não raciocina. Não se pergunta, nunca, o porquê das coisas, pois no fundo não está interessada. Se alguém pedisse a ela para pensar e dizer por que se sente como se sente, ela poderia, eu acho, racionalizar tudo com perfeita precisão e dar a resposta correta. Mas ela é como uma pessoa que tem um relógio bom e caro no consolo da lareira, mas nunca dá corda nele porque, pelo tipo de vida que leva, não é importante saber a hora exata.

"Porém, no St. Ninian's, ela foi solicitada a utilizar o intelecto, e ela tem um intelecto... mas eu não diria que é um intelecto especialmente voltado ao raciocínio. Tem uma queda por matemática, línguas e astronomia. Nada que exija imaginação. Todos usamos a imaginação e o raciocínio como meio de fuga... Um meio de escapar de nós mesmos. Isabella não precisa escapar de si mesma. É capaz de viver consigo em harmonia. Não precisa de um modo de vida mais complexo.

"Talvez os seres humanos fossem todos assim na era medieval... até mesmo na época elisabetana. Li num livro que naquela época 'grande homem' significava só uma coisa: um grande patrimônio, simples e meramente riqueza e poder. Não trazia nada do significado espiritual e moral de hoje. Não tinha nenhuma relação com a personalidade."

– Você quer dizer – atalhei – que as pessoas eram objetivas e concretas na postura em relação à vida. Não raciocinavam muito.

– Pois é. Hamlet, com suas cismas, seus "ser ou não ser", foi um personagem inteiramente deslocado no tempo. Tanto isso é verdade que naquela época, e até muito tempo depois, os críticos condenaram a peça Hamlet pela inapelável fragilidade do enredo. "Não existe motivo", escreveu um deles, "para Hamlet não matar o rei logo no primeiro ato da peça. Só não o mata pelo único e exclusivo motivo de que, caso contrário, a peça não existiria!". Para eles, era inconcebível uma peça teatral sobre personalidade. Mas hoje praticamente *todo mundo* tem um pouco de Hamlet e Macbeth. Estamos a toda hora nos perguntando (sua voz de repente assumiu imenso enfado): "Ser ou não ser?" e "O que é melhor: estar vivo ou morto?". Analisamos as pessoas bem-sucedidas como Hamlet analisa (com uma ponta de inveja!) Fortimbrás. Hoje, o personagem mais enigmático seria Fortimbrás. Que avança, confiante, sem tecer perguntas sobre si. Quantas pessoas com esse perfil existem por aí? Não muitas, acho eu.

– Considera Isabella uma espécie de Fortimbrás de saias? – indaguei com um sorriso.

Teresa também sorriu.

– Não é tão bélica assim. Mas é objetiva e completamente focada. Jamais se perguntaria: "Por que sou como sou?" nem "O que sinto de verdade?". Sabe como se sente e o que é. E vai fazer... o que tiver que fazer – complementou Teresa suavemente.

– Quer dizer que ela é fatalista?

– Não. Mas acho que para ela nunca existe alternativa. Ela nunca enxerga duas linhas de ação possíveis... só uma. E nunca pensa em retroceder seus passos, sempre em prosseguir. Não existe caminho de volta para as Isabellas...

– Fico pensando se existe caminho de volta para qualquer um de nós! – exclamei com amargura.

Teresa disse com calma:

– Talvez não. Mas acho que em geral existe uma rota de fuga.

– Pode se explicar melhor, Teresa?

– Acho que em geral há uma escapatória... Só percebemos isso depois, quando olhamos para trás... Mas ela existiu...

Fiquei calado alguns instantes, tragando o cigarro e pensando...

Quando Teresa disse isso, súbito me veio à mente uma lembrança vívida. Eu acabara de chegar ao coquetel de Caro Strangeways. Parei no vão da porta, hesitante. Meus olhos se acostumaram à luz opaca e ao ambiente esfumaçado. Lá no fundo do salão avistei Jennifer. Ela não me viu – falava com alguém do jeito animado de sempre.

Fui tomado por dois sentimentos radicalmente conflitantes. Primeiro, um salto de triunfo. Sabia que nos encontraríamos de novo, e ali a minha intuição mostrou-se verdadeira. Aquele encontro no trem não fora um incidente isolado. Sempre soube que não fora, e ali a íntima certeza se comprovava. E, no entanto –

apesar da empolgação, do triunfo –, senti uma vontade repentina de dar meia-volta e fugir da festa... A vontade de manter aquele encontro com Jennifer no trem um evento isolado e único – um evento do qual nunca me esqueceria. Era como se alguém tivesse me cochichado: "*Aquilo* foi o melhor que vocês puderam obter um do outro: um breve interlúdio de perfeição. Deixe assim".

Se Teresa estivesse certa, aquela teria sido a *minha* escapatória...

Bem, eu não a havia aproveitado. Fui em frente. E Jennifer também. E tudo mais aconteceu de roldão. A fé no amor mútuo, o caminhão na Harrow Road, a cadeira de rodas, Polnorth House...

E assim, ao retornar ao ponto de partida, minha cabeça retornou a Isabella, e eu fiz um protesto final a Teresa.

– Mas, Teresa, dissimulada não! Que palavra abominável. Dissimulada não.

– Não sei – disse Teresa.

– Dissimulada? Isabella?

– A dissimulação não é a primeira e mais fácil estratégia de defesa? A astúcia não é um dos comportamentos mais primitivos? A lebre que se encolhe para aparentar submissão, a fêmea do tetraz que esvoaça no urzal para disfarçar a exata localização do ninho? Sem dúvida, Hugh, a astúcia é elementar. É a única arma da qual podemos lançar mão quando estamos indefesos e somos pressionados contra a parede.

Ela se ergueu e caminhou em direção à porta. Robert já tinha ido dormir. Segurando a maçaneta, Teresa virou a cabeça.

– Acredito – disse ela – que agora você pode jogar fora aqueles seus comprimidos. Não vai mais precisar deles.

– Teresa! – gritei. – Então você sabia?

– É claro que sabia.

– Mas então... – eu parei. – Por que diz que não preciso mais deles?

– Bem, você quer tomá-los?

– Não – eu disse devagar. – Tem razão... não quero. Vou jogá-los fora amanhã.

– Estou tão feliz – disse Teresa. – Eu temia o pior...

Eu a olhei com certa curiosidade.

– Por que não tentou tirá-los de mim?

Ela não falou nada por um instante. Em seguida, argumentou:

– Os comprimidos são um consolo para você, não é mesmo? Eles o deixam seguro... por saber que tem uma via de escape.

– Sim – reconheci. – Isso faz muita diferença.

– Então por que a pergunta boba sobre o motivo de eu não tirá-los de você?

Eu ri.

– Bem, amanhã, Teresa, eles vão para o ralo. É uma promessa.

– Até que enfim você começou a viver de novo... a querer viver.

– Sim – respondi de modo pensativo. – Imagino que sim. Realmente não sei explicar o porquê. Mas é verdade. Estou mesmo interessado em despertar amanhã.

– Está interessado sim. Eu me pergunto quem é o responsável por isso. A vida em St. Loo? Ou Isabella Charteris? Ou John Gabriel?

– Com certeza não é John Gabriel – observei.

– Não tenho tanta certeza assim. Há algo naquele sujeito...

– *Sex appeal* ele tem bastante, sem dúvida! – comentei. – Mas não gosto desse tipo de gente. Não suporto oportunistas descarados. Meu Deus, aquele homem venderia a própria avó se isso lhe desse algum lucro.

– Eu não ficaria surpresa.
– Eu não tenho um pingo de confiança nele.
– Verdade. Ele não é lá muito digno de confiança.
Continuei:
– Um exibicionista. Um notório explorador da publicidade pessoal. Tira o máximo proveito de si e dos outros. Acha mesmo que aquele homem é capaz de um ato altruísta e desinteressado?

Teresa disse em tom pensativo:
– Acho possível. Mas isso provavelmente o arruinaria.

Em poucos dias, eu me lembraria desse comentário de Teresa.

Capítulo 13

A próxima empolgação local foi o torneio de uíste promovido pelo Instituto Feminino.

O evento teve o palco de costume: o grande celeiro de Polnorth House. O grande celeiro, eu percebi, era muito especial. Antiquários entusiastas peregrinavam até ali a fim de admirar, medir, fotografar e exaltar por escrito a velha construção. Os habitantes de St. Loo consideravam o celeiro uma espécie de bem público e se orgulhavam de sua existência.

Durante dois dias houve um grande corre-corre. Toda hora era um entra e sai das organizadoras do Instituto Feminino.

Permaneci misericordiosamente segregado da correnteza, mas Teresa de vez em quando me apresentava o que eu descreveria como espécimes pinçados a dedo para minha diversão e meu entretenimento.

Teresa sabia que eu gostava de Milly Burt, por isso Milly era uma presença constante na minha sala de estar. Juntos fazíamos múltiplas tarefas, como escrever letreiros e colar enfeites.

Durante essas atividades, Milly contou-me a história de sua vida. Como Gabriel me dissera com tanta falta de delicadeza, o único modo de eu justificar a minha existência era me tornar uma espécie de aparelho receptor sempre de prontidão. Talvez eu não servisse para mais nada, mas para aquilo eu ainda servia.

Milly Burt falou comigo sem constrangimento – uma autorrevelação suave e borbulhante como um córrego.

Quando o assunto chegou ao major Gabriel, ela se estendeu bastante. A admiração que nutria por ele, longe de diminuir, só aumentava.

– Sabe por que eu tenho o major em alta conta, capitão Norreys? É que ele é tão *bom*. Mesmo tão ocupado e com tantas tarefas importantes a fazer, ele sempre se lembra das coisas e fala de um jeito tão agradável. Nunca conheci ninguém como ele.

– Provavelmente tem razão nesse detalhe – eu disse.

– Apesar do estupendo currículo na guerra e tudo mais, não é nada esnobe nem convencido. Ele me trata tão bem quanto trataria um figurão. É bom com todo mundo e se lembra das pessoas, se seus filhos foram mortos ou se estão lá na Birmânia ou em outro lugar pavoroso. E sabe falar a coisa certa na hora certa, fazer o pessoal rir e se descontrair.

– O poema "Se", de Rudyard Kipling, deve ser a leitura de cabeceira dele – observei com frieza.

– Sim. Se alguém no mundo é capaz de dar, segundo por segundo, valor e brilho ao minuto fatal, esse alguém é ele.

– Provavelmente aos dois minutos fatais – sugeri. – Para Gabriel, um minuto só não seria suficiente.

– Bem que eu queria entender mais de política – comentou Milly tristemente. – Li todos os panfletos, mas não sou boa para pedir votos nem para convencer as pessoas a votar. Não sei as respostas para as dúvidas que surgem.

– Ora – eu disse em tom consolador –, não é todo mundo que tem jeito para isso. Além disso, pedir voto é completamente antiético.

Ela me fitou com olhos repletos de incompreensão.

Expliquei:

– Ninguém deveria tentar convencer as pessoas a votar contra as suas convicções.

– Sim, entendo o que você quer dizer. Mas nós achamos mesmo que só os conservadores são capazes de pôr fim à guerra e instituir a paz do modo certo, não é?

– Sra. Burt – eu disse –, a senhora é mesmo uma tóri exemplar. É isso o que diz quando sai em busca de votos?

Ela enrubesceu.

– Não, na verdade não sei o suficiente para abordar questões políticas. Mas posso elogiar a pessoa incrível e honesta do major Gabriel. Pessoas como ele realmente fazem a diferença.

Bem, pensei, aquilo caía como luva nas intenções de Gabriel. Mirei aquele rosto sério e corado. Os olhos castanhos faiscavam. Num breve e desconfortável instante, eu me perguntei se talvez não existisse ali um pouco mais que admiração.

Numa espécie de resposta ao meu pensamento não verbalizado, uma sombra perpassou o rosto de Milly.

– Jim me acha uma completa idiota – disse em tom de protesto.

– É mesmo? Por quê?

– Diz que sou idiota porque não entendo bulhufas de política. E que no fim das contas política é só maracutaia. E diz que o... bem, ele diz que não posso ajudar em nada e que, se eu sair por aí tentando convencer as pessoas a votar nos conservadores, só vou conseguir votos para os trabalhistas. Capitão Norreys, acha que isso é verdade?

– Não – eu disse convicto.

Ela se animou.

– Sei que sou meio tola de vez em quando. Mas é só quando estou atarantada, e Jim sempre consegue me deixar atarantada. Sente prazer em me perturbar. Sente prazer em... – calou-se, os lábios trêmulos.

Então de repente espalhou as tirinhas de papel com que trabalhava e se pôs a chorar – soluços profundos de cortar o coração.

– Minha querida sra. Burt! – falei em tom de desamparo.

Que diabos pode fazer um homem desamparado, preso a uma cadeira de rodas? Era incapaz de dar um tapinha no ombro. Ela não estava perto o suficiente. Incapaz de alcançar um lenço. Incapaz de inventar uma desculpa e escapulir da sala. Incapaz até mesmo de dizer: "Vou buscar uma xícara de chá".

Não, eu tinha de exercer minha função, a função que, como Gabriel foi amável (ou cruel) o suficiente para me dizer com todas as letras, era a única que me restava. Então eu disse com desamparo: "Minha querida sra. Burt". E aguardei.

– Sou tão infeliz, tão terrivelmente infeliz... Agora vejo... eu nunca devia ter me casado com Jim.

Murmurei num fio de voz:

– Ora, vamos, não é tão ruim assim, tenho certeza.

– Ele era tão alegre e garboso... e fazia comentários tão espirituosos. Sempre aparecia para ver se estava tudo bem com os cavalos. Papai tinha uma escola de equitação. Jim fica muito bonito a cavalo.

– Sim, sim.

– E ele não bebia tanto naquela época... Se bebia, eu não me dava conta. Pensando bem, eu devia ter me dado conta, pois as pessoas vinham me contar. Diziam que gostava de tomar uns tragos. Mas sabe como é, capitão Norreys, eu não acreditei. A gente não acredita, não é mesmo?

– Não – eu disse.

– Achei que ele largaria tudo isso depois do casamento. Tenho certeza de que não bebeu nada enquanto éramos noivos. *Certeza* que não.

– É provável que não – concordei. – Um homem é capaz de qualquer coisa para conquistar uma mulher.

– E o pessoal também dizia que ele era cruel. Mas não acreditei. Comigo ele era tão gentil. Mas lembro que uma vez ele perdeu a calma e começou a bater de relho no cavalo... – estremeceu de leve e semicerrou os olhos. – Eu me senti... eu me senti muito diferente... só por alguns instantes. Falei comigo: "Não vou me casar com um homem desses". Foi engraçado, sabe, vê-lo agir como um completo estranho, tão diferente do Jim que eu conhecia. Teria sido engraçado se eu tivesse rompido o noivado, não teria?

Não era bem "engraçado" o que ela queria dizer, mas concordamos que teria sido engraçado – e também muito venturoso.

Milly prosseguiu:

– Mas aquilo passou. Jim se explicou, e cheguei à conclusão de que todo homem perde a calma de vez em quando. Não pareceu relevante. Eu achava que ele seria tão feliz comigo que nunca mais beberia nem perderia a calma. É exatamente esse o motivo pelo qual eu tanto queria me casar com ele: para fazê-lo feliz.

– Ora, fazer alguém feliz não é o real objetivo do casamento – eu disse.

Ela me fitou.

– Mas, se amamos alguém, a primeira coisa em que pensamos não é fazer feliz esse certo alguém?

– É uma das formas mais traiçoeiras de autoindulgência – ponderei. – E muito comum. Estatisticamente talvez seja a maior causa de infelicidade nos matrimônios.

Ela continuava a me fitar. Citei aqueles versos sábios e melancólicos de Emily Brontë:

Conheci cem modos de amar
Todos só causaram pesar.

Ela protestou:

– Acho isso *horrendo*!

– Amar alguém sempre é – eu disse – depositar nas costas da pessoa amada um fardo quase insuportável.

– Você diz cada coisa estranha, capitão Norreys.

Milly parecia quase disposta a dar algumas risadas.

– Não dê bola ao que eu digo. Meus pontos de vista não são ortodoxos, apenas o resultado de experiências tristes – constatei.

– Ah, também foi infeliz no amor? Por acaso...

Evitei a comiseração que despertava no olhar dela. Conduzi a conversa de volta a Jim Burt. Era uma infelicidade que Milly, pensei, fizesse o tipo amável, facilmente intimidável – o pior tipo para se casar com um sujeito como Burt. Pelo que eu ouvira falar dele, deduzi que era o tipo de homem que gosta de temperamento forte, tanto em cavalos quanto em mulheres. Uma irlandesa briguenta o teria colocado nos eixos e despertado nele respeito, mesmo a contragosto. Para ele, era fatal ter domínio sobre um animal ou um ser humano. O medo covarde da esposa, as lágrimas, os suspiros – tudo alimentava sua tendência ao sadismo. O mais triste era que Milly Burt (ao menos eu achava) teria sido uma esposa feliz e bem-sucedida com a maioria dos homens. Ela escutaria, lisonjearia, papariacaria. Aumentaria a autoestima e o bom humor deles.

Ela seria, pensei de repente, uma boa esposa para John Gabriel. Não estimularia suas ambições (duvido que ele seja mesmo ambicioso). Mitigaria o amargor e a falta de autoconfiança que às vezes transpareciam nele com atitudes que beiravam a arrogância.

Parecia que James Burt, como em geral acontece, mesclava o desleixo ao ciúme. Chamava a mulher de medrosa e de burra, mas ofendia-se mortalmente se outro homem fizesse amizade com ela.

— Não acreditaria, capitão Norreys, nas coisas horríveis que ele falou do major Gabriel. Só porque na semana passada o major Gabriel me convidou para tomar um café no Ginger Cat. Ele estava tão simpático (o major Gabriel, não Jim), e ficamos lá um tempão, mas aposto que ele tinha muita coisa para fazer. E falou comigo de um jeito tão doce, perguntou sobre meu pai e os cavalos e como as coisas eram em St. Loo naquela época. Não poderia ter sido mais simpático! E depois... depois... Jim começou a falar aquelas coisas... e teve um de seus acessos de raiva... torceu meu braço... eu fugi e me tranquei no quarto. Às vezes, tenho um medo mortal de Jim... Ah, capitão Norreys, eu sou tão infeliz! Eu quero morrer.

— Não diga isso, sra. Burt. Não é verdade.

— Ah, mas eu *quero* sim. Que futuro eu tenho? Não tenho nada a almejar. A coisa só piora cada vez mais... Jim perde muita clientela por causa da bebida, e isso o deixa ainda mais louco. E ele me assusta. Me assusta de verdade...

Eu a confortei o melhor que pude. A meu ver, as coisas não eram assim tão ruins quanto ela pintava. Mas sem dúvida ela era muito infeliz.

Contei a Teresa que a sra. Burt levava uma vida bastante triste, mas Teresa não pareceu se interessar muito.

— Não quer falar no assunto? — perguntei em tom de censura.

Teresa respondeu:

— Não é meu assunto preferido. Mulheres infelizes são tão parecidas umas com as outras que suas histórias acabam se tornando muito monótonas.

— Puxa vida, Teresa! — exclamei. — Você é uma desalmada.

— Admito — disse Teresa — que a compaixão nunca foi o meu forte.

— Tenho a sensação inquietante – falei – de que a coitadinha está caída por Gabriel.

— É quase certo, eu diria – limitou-se a dizer Teresa secamente.

— E ainda assim não sente pena dela?

— Bem, não por essa razão. Apaixonar-se por Gabriel deve ser uma experiência até bem recompensadora.

— Teresa! Não está apaixonada por ele, está?

Não, Teresa não estava. Felizmente, acrescentou ela.

Aproveitei a deixa e a acusei de incoerência. Ela dissera que se apaixonar por Gabriel seria recompensador.

— Não para mim – explicou Teresa. – Porque eu não gosto (e nunca gostei) de me deixar levar pela emoção.

— Sim – falei pensativo. – Creio que é verdade. Mas por quê? Não consigo entender isso.

— E eu não consigo explicar.

— Tente – provoquei.

— Querido Hugh, como você é enxerido! Imagino que seja porque minha vida não se baseia nos instintos. Atolar a vontade e o cérebro no charco da emoção é algo insuportável para mim. Consigo controlar meus atos e boa parte de meus pensamentos... Perder o controle das emoções esfola o meu orgulho... e me deixa humilhada.

— Não acha que existe mesmo perigo de acontecer algo entre John Gabriel e a sra. Burt, ou acha? – indaguei.

— Boato é o que não falta. Carslake anda preocupado com isso. A sra. Carslake disse que a fofoca corre solta.

— Aquela mulher! É de se esperar.

— É de se esperar, como você disse. Mas ela representa a opinião pública. A opinião das camadas mexeriqueiras e mal-intencionadas de St. Loo. E imagino que a língua de Burt contribua com o falatório quando ele toma umas e outras, coisa que acontece com bastante frequência. Claro, o pessoal sabe que ele é ciumento e que é preciso dar um desconto para a maior parte do que ele fala, mas isso só aumenta o ti-ti-ti.

– Gabriel precisa tomar cuidado – eu disse.

– Tomar cuidado combina com o estilo dele, não é? – disse Teresa.

– Acredita que ele gosta mesmo da mulher?

Teresa meditou antes de responder.

– Acho que sente muita pena dela. É um homem facilmente movido pela compaixão.

– Acha que ela é capaz de abandonar o marido por ele? Isso seria um desastre.

– Seria?

– Querida Teresa, isso seria um balde de água fria nas pretensões eleitorais dele.

– Sei.

– Bem, isso seria fatal, não seria?

Teresa falou numa voz esquisita:

– Para quem? John Gabriel ou o Partido Conservador?

– Na verdade, eu pensava em Gabriel – esclareci. – Mas para o partido também, é claro.

– Bem, eu não tenho a cabeça realmente voltada para a política – disse Teresa. – Não dou importância se um deputado trabalhista a mais ou a menos se eleger para Westminster, que Deus me livre se os Carslake me ouvirem falando isso. Mas tenho lá minhas dúvidas se seria desastroso para John Gabriel. E se isso o tornasse mais feliz?

– Mas ele está obcecado em vencer a eleição! – exclamei.

Teresa disse que sucesso e felicidade eram duas coisas completamente distintas.

– Acho até – disse ela – que os dois nunca andam de mãos dadas.

Capítulo 14

Na manhã do torneio de uíste, o capitão Carslake apareceu para uma visita e fez um desabafo de temor e desânimo.

– *Não* existe nada concreto. É claro que *não* existe! Conheço a pequena sra. Burt a vida toda. Moça *completamente* honesta, criada sob os mais rígidos princípios e tudo mais. Acima de qualquer suspeita. Mas sabe como é a cabeça dessa gente.

Eu sabia como era a cabeça da mulher dele. Provavelmente era esse o critério dele para julgar a cabeça dos outros.

Continuou a andar para lá e para cá, esfregando o nariz de modo exasperado.

– Gabriel é um sujeito amável por natureza. Tem sido gentil com ela. Mas tem se arriscado demais... Ninguém pode se dar ao luxo de correr riscos numa eleição.

– Em outras palavras, ninguém pode se dar ao luxo de ser amável.

– Exato. Gabriel tem sido amável demais, amável em público. Tomar café com ela no Ginger Cat... Isso não pega bem. Por que tomar café com ela justo lá?

– E por que não?

Carslake não prestou atenção.

– Todas as fofoqueiras da cidade estavam lá fazendo o lanche da manhã. E também disseram que outro dia os dois caminharam pela cidade por um bom tempo... Ele até carregou a sacola de compras para ela.

– De um cavalheiro conservador não se esperaria outra coisa – murmurei.

Carslake continuou a ignorar meus comentários.

– E um dia ele passou de carro e ofereceu carona para ela, e ela aceitou. Lá perto da granja da família Sprague. Um bom trecho. Deu a impressão de que os dois tinham saído para um passeio juntos.

– Afinal de contas, estamos em 1945, não em 1845 – ponderei.

– As coisas não mudaram muito por aqui – constatou Carslake. – Não me refiro aos bangalôs nem à multidão de pretensos artistas plásticos... Gente moderna que não liga para a moralidade e os bons costumes. Mas, seja como for, vão votar nos trabalhistas. Temos de nos preocupar é com a parte sólida, respeitável e antiquada da cidade. Gabriel realmente terá de tomar mais cuidado.

Meia hora depois, Gabriel – num acesso incontido de indignação – entrou intempestivamente na sala. Com toda a diplomacia, Carslake expôs os fatos a ele. E aconteceu aquilo que costuma acontecer quando palavras diplomáticas são faladas em momento propício.

– Esse Carslake – disse ele – mais parece uma velha gagá! Sabe o que ele teve a petulância de dizer na minha frente?

– Sim – eu disse. – Sei de tudo. E, a propósito, nesta hora do dia costumo descansar. Não recebo visitas.

– Besteira – disse Gabriel. – Você não precisa descansar. Está em descanso perpétuo. Precisa é escutar o que eu tenho a dizer sobre isso. Ora, tenho que desabafar com alguém. E, como eu disse aquele dia, é a única coisa para a qual você serve. Então faça o favor de escutar de bom grado as pessoas quando elas querem ouvir o som da própria voz!

– Lembro do modo tão encantador como você se expressou – frisei.

– Falei daquele jeito porque queria irritá-lo.
– Eu sabia disso.

– Imagino que tenha sido um comentário cruel, mas, no fim das contas, é melhor você não ser tão sensível.

– Na verdade – retorqui – serviu para me alegrar. Ando tão envolto em compreensão e diplomacia que ouvir a verdade nua e crua foi um alívio e tanto.

– Está progredindo – disse Gabriel.

E continuou seu desabafo.

– Por acaso não posso oferecer a alguém uma xícara de café numa cafeteria sem despertar suspeitas de imoralidade? Por que devo prestar atenção a pessoas cujas mentes parecem uma rede de esgoto?

– Bem, você quer se eleger deputado, não quer? – indaguei.

– Vou me eleger deputado.

– O alerta de Carslake é este: você não vai se eleger se ficar ostentando sua amizade com a sra. Burt.

– Que gente de cabeça imunda!

– Ah, sim, sim!

– Como se a política não fosse o negócio mais sujo que existe!

– De novo: sim, sim.

– Deixe de ironias, Norreys. Hoje você está muito irritante. E, se você pensa que existe algo indevido entre mim e a sra. Burt, está enganado. Tenho pena dela, só isso. Nunca disse a ela uma palavra sequer que o marido dela e todos os patrulhadores de plantão de St. Loo não pudessem ouvir às escondidas. E pensar no quanto eu tenho me controlado no que diz respeito a mulheres! E olhe que eu *gosto* de mulheres!

Ele estava profundamente ofendido. O caso tinha seu lado cômico.

Falou com franqueza:

– Aquela mulher é terrivelmente infeliz. Você não sabe... nem imagina o que ela tem de aguentar, o quanto ela tem sido corajosa e leal. Nem se queixa. Alega que, de certa forma, tem sua parcela de culpa. Eu queria pôr as mãos em Burt... Aquele bárbaro asqueroso. Depois da surra que eu daria nele, nem a própria mãe o reconheceria!

– Pelo amor de Deus! – gritei sobressaltado. – Não tem um pingo de prudência, Gabriel? Uma briga em público com Burt e suas chances vão por água abaixo.

Ele riu e disse:

– Sabe-se lá? Talvez valha a pena. Afinal... – súbito parou.

Olhei o motivo da interrupção. Isabella acabara de entrar pelas portas de vidro. Deu bom-dia a nós dois e disse que Teresa a convidou para ajudar nos preparativos finais do celeiro.

– Espero que nos dê a honra de sua presença, srta. Charteris – disse Gabriel.

O tom de sua fala, mescla de polidez e vivacidade, não combinou com ele. Parecia que Isabella exercia nele um efeito negativo.

Ela disse:

– Sim.

E acrescentou:

– Costumamos aparecer nesses eventos.

Então ela se retirou para procurar Teresa, e Gabriel explodiu:

– Quanta bondade da princesinha! Quanta compreensão em se misturar com o rebanho comum! Quanta benevolência! Vou te contar, Norreys, Milly Burt vale por uma dúzia de moças de nariz empinado como Isabella Charteris. Isabella Charteris! Quem ela pensa que é?

Parecia óbvio quem era Isabella. Mas Gabriel divertiu-se desenvolvendo o tema.

– Pobre como camundongo de igreja. Mora num castelo dilapidado e caindo aos pedaços. Finge que é mais importante do que os outros. Fica lá à toa sem nada para fazer além de esperar o precioso herdeiro aparecer e casar com ela. Faz tempo que não o vê e não dá a mínima por ele, mas está ansiosa para casar. Ah, sim. Vergonha! Essas moças me deixam enojado. Enojado, Norreys. Poodles mimadas, sem tirar nem pôr. Lady St. Loo é o que ela quer ser. Que diabo de vantagem há em ser Lady St. Loo hoje em dia? Esse tipo de coisa está morto e enterrado. Piada, hoje tudo isso não passa de uma piada do teatro de variedades...

– Ora, Gabriel – eu disse. – Sem dúvida, você está no time errado. Faria um discurso memorável com a plataforma de Wilbraham. Por que vocês dois não trocam de partido?

– Para uma moça como ela – disse Gabriel, ainda com a respiração ofegante –, Milly Burt é apenas a mulher do veterinário! Alguém com quem ser simpático em confraternizações políticas... mas não para convidar ao chá no castelo... Ah, não: para *isso*, ela não é boa o suficiente! Estou lhe dizendo, Milly Burt vale meia dúzia de Isabellas de Nariz Empinado Charteris.

Cerrei meus olhos com determinação.

– Pode ir embora, Gabriel? – pedi. – Não importa o que você diga, eu ainda estou muito doente. Insisto em ter meu descanso. Você é muito cansativo.

Capítulo 15

Todo mundo tinha um comentário a fazer sobre John Gabriel e Milly Burt, e todo mundo o fez, mais cedo ou mais tarde, para mim. O meu cômodo, durante os últimos preparativos para o torneio de uíste, tornou-se uma espécie de "salão verde dos bastidores". O pessoal refugiava-se ali para tomar uma xícara de chá ou um cálice de xerez. Teresa poderia, é claro, ter interditado o acesso, mas não o fez, e fiquei contente por isso, pois me descobri profundamente interessado nessa colcha rapidamente entretecida com retalhos de fofoca, maldade e inveja.

Entre Milly Burt e John Gabriel, disso eu tinha certeza, nada existia que pudesse ser alvo de críticas. Amizade e compaixão da parte dele, admiração por parte dela.

No entanto, com relutância, eu me dei conta de que, na situação atual, estavam implícitos os desdobramentos que as fofocas maldosas haviam antecipado. Tecnicamente inocente, Milly Burt já estava quase apaixonada por Gabriel, tendo consciência disso ou não. Gabriel era em essência um homem de volúpia carnal. A qualquer momento, o cavalheirismo protetor podia transformar-se em paixão.

Eu pensava que, se não fosse a eleição, a amizade já teria se tornado um caso de amor. Gabriel, eu suspeitava, tinha a necessidade de sentir-se amado e, ao mesmo tempo, admirado. O rancor perverso e subterrâneo que havia nele poderia ser mitigado desde que Gabriel tivesse alguém para proteger e tratar com carinho. Milly Burt era o tipo de mulher que precisava ser protegida e tratada com carinho.

Pensei comigo com certo cinismo que seria um dos melhores tipos de adultério – decorrente menos da concupiscência e mais de amor, compaixão, bondade e gratidão. Ainda assim seria, indubitavelmente, adultério. E aos olhos de uma ampla fatia do eleitorado de St. Loo adultérios não tinham circunstâncias atenuantes. E esses eleitores, sem pestanejar, destinariam seus votos ao ressequido sr. Wilbraham, de vida privada imaculada, ou ficariam em casa, abstendo-se de votar. Para o bem ou para o mal, Gabriel concorria ao cargo com base no apelo pessoal – os votos registrados seriam dados para John Gabriel, não para Winston Churchill. E John Gabriel pisava em terreno perigoso.

– Sei que talvez eu não devesse tocar nesse assunto – começou Lady Tressilian quase sem fôlego.

Ela acabava de chegar de uma longa caminhada. Desabotoou o casaco de flanela cinza e bebeu com agrado o chá servido numa xícara Rockingham da finada srta. Amy Tregellis. Baixou o tom de voz de modo conspiratório:

– Mas me pergunto se alguém já comentou com você sobre... a sra. Burt e... hã... o nosso candidato.

Ela me fitou com o ar de uma spaniel aflita.

– Receio – eu disse – que o pessoal ande comentando sobre isso.

Com preocupação no rosto simpático, ela disse:

– Ai, meu Deus. Eu queria que não estivessem. Ela é muito boazinha, sabe, boazinha mesmo. Não é do tipo que... ou melhor, é tão injusto. Claro, se houvesse algo nisso, algo que exigisse cautela... Ora, então eles teriam cautela e ninguém ficaria sabendo de nada. Justamente porque não há nada de mais e não há nada a esconder que, bem, eles não avaliaram o risco...

A essa altura, a sra. Bigham Charteris entrou com pisadas enérgicas, cheia de indignação por causa do veterinário.

– Desleixo infame – vaticinou ela. – Não se pode confiar nem um pouco naquele tal de Burt. Cada vez mais se afoga na bebida... e agora isso está refletindo no trabalho. É claro, eu sempre soube que com cães ele era uma negação, mas com cavalos e vacas até não era dos piores. Todos os granjeiros confiavam nele. Mas fiquei sabendo que ele, por pura negligência, deixou a vaca de Polneathy morrer dando cria. Depois foi a vez da égua de Bentley. A carreira de Burt vai para o brejo se ele não tomar mais cuidado.

– Agora mesmo eu estava falando com o capitão Norreys sobre a sra. Burt – contou Lady Tressilian. – Perguntei se ele ouviu falar de alguma coisa...

– Tudo bobagem – sentenciou a sra. Bigham Charteris com um vozeirão. – Mas essas coisas pegam. Agora o pessoal está falando que é *por isso* que Burt anda bebendo tanto. É lorota que não acaba mais. Ele já era uma esponja e batia na mulher bem antes de o major Gabriel dar as caras por aqui. Mesmo assim – acrescentou ela –, é preciso fazer alguma coisa. Alguém tem que falar com o major Gabriel.

– Carslake tocou no assunto com ele, se não me engano – contei.

– Aquele sujeito não tem diplomacia – disse a sra. Bigham Charteris. – Imagino que Gabriel tenha perdido as estribeiras.

– Sim – eu disse. – Perdeu.

– Gabriel é um bobalhão – disse a sra. Bigham Charteris. – Coração mole, esse é o problema dele. Hum... é melhor alguém falar com *ela*. Insinuar que ela saia do caminho pelo menos até a eleição. Imagino que ela nem sonha com os boatos que andam correndo por aí. – Ela se virou para a cunhada. – É uma boa missão para você, Agnes.

Lady Tressilian ficou vermelha e contestou:

– Ora, Maud, eu nem saberia o que falar. Sou a pessoa *menos* indicada para fazer isso.

– Bem, o que não podemos é correr o risco de deixar que a sra. Carslake o faça. Aquela mulher é uma víbora.

– Eu que o diga – concordei com fervor.

– E eu tenho a leve suspeita de que ela está por trás de todo esse falatório.

– Ah, é claro que não, Maud. Ela não faria nada com o objetivo de prejudicar as chances de nosso próprio candidato.

– Ficaria surpresa, Agnes – retorquiu a sra. Bigham Charteris em tom sombrio –, com o que já vi acontecer num regimento. Se a mulher quer mesmo ser má, ela ignora tudo, as chances de promoção do marido, *qualquer coisa*. Se quer saber a minha opinião – continuou ela –, ela própria teria apreciado um flertezinho com John Gabriel!

– Maud!

– Pergunte ao capitão Norreys o que ele pensa. Ele está no local, e o pessoal costuma dizer que o espectador enxerga o jogo melhor.

As duas senhoras fitaram-me ansiosas.

– É claro que não acho... – comecei, mas então mudei de ideia. Falei para a sra. Bigham Charteris: – Ou melhor, acho que a senhora tem toda a razão.

De repente me dei conta do significado de certos comentários e olhares inacabados da sra. Carslake. Apesar de improvável, era bem possível que a sra. Carslake não apenas tenha deixado de evitar quaisquer boatos, mas na realidade os tenha secretamente incentivado.

Vivíamos, refleti, num mundo desagradável.

– Se é que alguém pode lidar com Milly Burt, esse alguém é o capitão Norreys – afirmou a sra. Bigham Charteris de modo inesperado.

– Não! – gritei.

– Ela gosta de você, e um inválido sempre está numa posição privilegiada.

– Ah, eu concordo, e como – disse Lady Tressilian, encantada com a sugestão que a liberava de uma tarefa embaraçosa.

– *Não!* – reiterei.

– Ela está lá ajudando a enfeitar o celeiro – disse a sra. Bigham Charteris, levantando-se energicamente. – Vou mandá-la vir aqui... vou dizer que há uma xícara de chá à espera dela.

– Não vou fazer nada disso – bradei.

– Vai, sim senhor! – asseverou a sra. Bigham Charteris com a autoridade de quem havia sido esposa de coronel. – Todos nós temos de fazer *alguma coisa* para impedir que aqueles socialistas pavorosos se elejam.

– É o mesmo que ajudar o querido sr. Churchill – endossou Lady Tressilian. – Depois de tudo o que ele fez pelo país.

– Agora que ele ganhou a guerra para nós – ponderei –, ele deveria se recostar na cadeira, pôr no papel a história da guerra (ele é um dos melhores escritores de nossa era) e curtir um bom descanso enquanto os trabalhistas estragam a paz.

A sra. Bigham Charteris havia saído a passos enérgicos pelas portas de vidro. Continuei a falar com Lady Tressilian.

– Churchill merece um descanso – concluí.

– Pense na bagunça terrível que os trabalhistas vão fazer – lembrou Lady Tressilian.

– Pense na bagunça terrível que qualquer um vai fazer – eu disse. – Depois de uma guerra é difícil evitar a bagunça. Não acha, no fundo, que é melhor que não seja o nosso lado? De qualquer modo – acrescentei em frenesi –, *a senhora* é obviamente a pessoa mais indicada para falar com Milly Burt. Essas coisas fluem melhor entre duas mulheres.

Mas Lady Tressilian meneava a cabeça.

– Não – garantiu. – Na verdade, não fluem, não. Maud tem toda a razão. Você é a pessoa certa. Tenho certeza de que ela vai entender.

O último pronome se referia, presumi, a Milly Burt. Eu mesmo tinha sérias dúvidas se ela entenderia.

A sra. Bigham Charteris introduziu Milly Burt no recinto como um destróier que escolta um navio mercante.

– Prontinho – disse lepidamente. – Aí está o chá. Sirva-se de uma xícara, sente-se e entretenha o capitão Norreys. Agnes, venha comigo. Onde você deixou os prêmios?

As duas chisparam para fora da sala. Milly Burt serviu uma xícara de chá para si e veio sentar perto de mim. Um pouco desnorteada, indagou:

– Há alguma coisa errada, não?

Talvez, se ela não tivesse escolhido essa frase inicial, eu tivesse me esquivado da tarefa que me foi imposta. Aquele início facilitou as coisas e me ajudou a dizer o que eu havia sido orientado a dizer.

– Você é uma boa pessoa, Milly – comecei. – Já se deu conta de que há muita gente que não é boa?

– Como assim, capitão Norreys?

– Veja bem – prossegui. – Sabe que correm boatos nada lisonjeiros sobre você e o major Gabriel?

– Eu e o major Gabriel? – indagou com os olhos fitos em mim. Um rubor lento subiu pelo rosto dela até as raízes dos cabelos. Aquilo me deixou constrangido, e eu desviei o olhar. – Quer dizer que não é só o Jim... que mais gente fala isso... gente que pensa mesmo...?

– Em época de campanha eleitoral – continuei com ódio de mim mesmo –, o candidato que aspira a se eleger deve ter muito cuidado. Nas palavras do apóstolo Paulo, é preciso evitar até mesmo a aparência do mal... Entende?

Atitudes inofensivas como tomar café no Ginger Cat ou se encontrar casualmente com ele na rua e deixá-lo carregar as compras já são mais do que suficientes para atiçar a maledicência.

Olhos castanhos muito abertos de susto me fitaram.

— Mas acredita, não acredita, que nunca aconteceu *nada*, que ele nunca disse uma palavra? Que ele tem sido apenas gentil e nada mais? *Verdade*: nada mais.

— É claro, eu sei disso. Mas um candidato com aspirações de se eleger não pode sequer se dar ao luxo de ser gentil. Tal é — acrescentei com acidez — a pureza de nossos ideais políticos.

— Não quero atrapalhá-lo — garantiu Milly. — Por nada neste mundo.

— Tenho certeza de que não quer.

Lançou-me um olhar suplicante.

— O que posso fazer... para colocar as coisas nos eixos?

— Sugiro apenas que você... bem, mantenha-se longe dele até passar a eleição. Tentem não aparecer em público juntos se puderem evitar.

De imediato ela fez que sim com a cabeça.

— Sim, claro. Sempre serei grata a você por me contar, capitão Norreys. Jamais passou pela minha cabeça que isso estava acontecendo. Eu... ele tem sido maravilhoso comigo...

Ela se levantou, e tudo teria terminado de modo bastante satisfatório se John Gabriel não tivesse escolhido aquela hora para entrar.

— Olá! — saudou ele. — Que está acontecendo aqui? Acabo de chegar de um comício. Estou rouco de tanto falar. Tem xerez? Depois vou visitar algumas mães... e hálito de uísque não é tão bom assim.

— Preciso ir andando — desculpou-se Milly. — Adeus, capitão Norreys. Adeus, major Gabriel.

Gabriel pediu:

– Espere um pouco. Eu a acompanho até em casa.

– Não, por favor. Eu... eu tenho que me apressar.

Ele disse:

– Está bem. Sacrifico o xerez então.

– *Por favor!* – ela implorou encabulada e constrangida. – Não quero que o senhor me acompanhe. Eu... eu quero ir sozinha.

E escapuliu da sala. Gabriel girou em minha direção.

– Quem andou colocando caraminholas na cabeça dela? Você?

– Sim – confessei.

– Já parou para pensar que isso é problema meu?

– Não ligo para os seus problemas. E o problema não é seu: é do Partido Conservador.

– E por acaso você se importa com o Partido Conservador?

– Pensando bem, não – admiti.

– Então por que dar uma de abelhudo?

– Se quer saber mesmo, é porque eu gosto da pequena sra. Burt. Se mais tarde ela viesse a descobrir que você perdeu a eleição por motivos ligados à amizade de vocês, ela ficaria muito infeliz.

– Não vou perder a eleição por causa de minha amizade com ela.

– É bem possível que perca, Gabriel. Subestima a força da imaginação lasciva.

Ele assentiu com a cabeça.

– Quem o pressionou para falar com ela?

– A sra. Bigham Charteris e Lady Tressilian.

– Aquelas bruxas velhas! E Lady St. Loo?

– Não – eu disse. – Lady St. Loo não tem nada com isso.

– Se eu soubesse que isso era ideia *dela* – disse Gabriel –, eu levaria Milly Burt para passar um fim de semana comigo e elas que fossem para o inferno!

– Isso seria a pá de cal em suas chances! – exclamei. – Quer ou não quer vencer esta eleição?

Súbito ele recuperou a calma e abriu um sorriso.

– Vou ganhar de qualquer jeito – disse ele.

Capítulo 16

Aquele anoitecer foi um dos mais encantadores de todo o verão. Uma multidão afluiu ao celeiro grande. Noite de roupas chiques e danças, além do torneio de uíste propriamente dito.

Teresa empurrou minha cadeira de rodas até o local para que eu presenciasse o cenário. Todos pareciam muito animados. Gabriel, em plena forma, contava histórias em meio à multidão, com réplicas rápidas e espirituosas. Parecia mais confiante e alegre do que de costume. Prestava especial atenção às damas presentes, chegando a exagerar no modo como as tratava. Considerei a estratégia astuciosa. Seu bom humor contagiou o ambiente – e tudo transcorria bem.

Lá estava Lady St. Loo, magérrima, impressionante, para dar início ao torneio. Sua presença valorizou o evento. Eu descobrira que ela despertava ao mesmo tempo admiração e temor. Tipo da mulher sem papas na língua, que não hesita em falar o que é preciso em certas ocasiões. Por outro lado, sua bondade era discreta mas verdadeira, e ela mostrava um vívido interesse pela cidade de St. Loo e suas vicissitudes.

"O castelo" era muito respeitado. No começo da guerra, quando o oficial de aquartelamento já não sabia mais o que fazer perante as dificuldades de instalar os refugiados, um recado categórico viera de Lady St. Loo. Por que não coubera a ela hospedar nenhum refugiado?

O sr. Pengelley explicou, vacilante, que relutou em incomodá-la, pois algumas crianças eram muito indisciplinadas. E ela respondeu:

– Temos que fazer a nossa parte. Podemos facilmente acolher cinco crianças em idade escolar ou duas mães com filhos pequenos, o que o senhor achar melhor.

As mães com filhos pequenos não se adaptaram. As duas mulheres londrinas se apavoraram com os longos e ecoantes corredores do castelo, estremeceram e sussurraram sobre fantasmas. Quando os ventos do mar sopraram com força, o aquecimento inadequado obrigou os hóspedes a se agruparem com os dentes batendo de frio. Para eles, o lugar era um pesadelo comparado à tepidez alegre e ao calor humano das habitações londrinas. Logo partiram e foram substituídos por crianças em idade escolar, para quem a experiência de morar num castelo era das mais empolgantes. Escalavam ruínas, procuravam com ânsia as comentadas passagens subterrâneas e divertiam-se com o eco nos corredores. Submeteram-se às atenções maternais de Lady Tressilian, deixaram-se envolver pela aura e pelo fascínio de Lady St. Loo, aprenderam as lições da sra. Bigham Charteris (não ter medo de cavalos nem de cachorros) e entenderam-se às mil maravilhas com os bolinhos de açafrão da cozinheira, especializada em pratos típicos da Cornualha.

Um tempo depois, Lady St. Loo em duas oportunidades registrou queixas formais junto ao oficial de aquartelamento. Certas crianças haviam sido alocadas em granjas distantes – cujos granjeiros, de acordo com ela, não eram atenciosos nem tampouco confiáveis. Insistiu que se realizassem investigações. Descobriu-se num dos casos que as crianças passavam fome. No outro, até comiam bem, mas andavam sujas e malcuidadas.

Tudo isso acentuou ainda mais o respeito que as pessoas já sentiam por Lady St. Loo. O castelo não tolerava coisas erradas, o povo dizia.

Lady St. Loo deu o ar de sua graça no torneio de uíste por um tempo curto. Ela, a irmã e a cunhada foram embora juntas. Isabella ficou para ajudar Teresa, a sra. Carslake e as demais senhoras.

Eu mesmo permaneci no local por uns vinte minutos. Então Robert conduziu minha cadeira de rodas de volta para casa. Pedi que ele me deixasse no quiosque do jardim. Noite cálida, luar magnífico.

– Vou ficar aqui – pedi.

– Certo. Quer uma manta ou alguma coisa?

– Não, a temperatura está agradável.

Robert fez que sim com a cabeça. Deu meia-volta e retornou a passos largos ao celeiro, onde ele realizaria voluntariamente certas tarefas.

Acendi um cigarro e fiquei ali tranquilo. O castelo mostrava sua silhueta contra o oceano enluarado e, mais do que nunca, lembrava um cenário teatral. Um burburinho de música e de vozes vinha do celeiro. Atrás de mim, a casa escura e trancada, à exceção das portas de vidro abertas. Num caprichoso efeito do luar, um passadiço de luz parecia se estender do castelo até Polnorth House.

Pelo caminho de luz, eu sorri ao imaginar, cavalgava um vulto numa reluzente cota de malha de ferro – o jovem St. Loo voltando ao lar... Pena que capotes eram tão menos românticos que cotas de malha.

Destoantes do longínquo alarido humano do celeiro, chegavam a meus ouvidos os mil e um barulhos da noite de verão, pequenos chiados e rumores – o rastejar de animais minúsculos seguindo legítimos chamados, o farfalhar da folhagem, o tênue e longínquo piar de uma coruja...

Uma vaga satisfação me dominou. O que eu dissera a Teresa era verdade: eu começava a viver de novo. O passado e Jennifer pareciam um sonho brilhante e incorpóreo – entre mim e o sonho, havia um pântano letárgico de dor e escuridão do qual só agora eu emergia.

Impossível reassumir a vida de outrora – a interrupção era completa. A vida que eu começava era uma vida nova. Como seria essa vida nova? Como eu iria moldá-la? Quem e o que era o novo Hugh Norreys? Senti um interesse brotar. Que coisas eu sabia? Que esperanças podia ter? Que realizações eu faria?

Vi alguém de silhueta alta, num vestido branco, sair do celeiro. Hesitou por um instante e logo veio na minha direção. Assim que vi aquela silhueta, eu já sabia que pertencia a Isabella. Ela se aproximou e se sentou no banco de pedra. A harmonia da noite estava completa.

Permanecemos um bom tempo sem falar nada. Momento de intensa felicidade. Eu não queria estragá-lo falando. Nem pensar eu queria.

Só quando uma brisa repentina soprou do mar e roçou o cabelo de Isabella, que o ajeitou com a mão, o encanto se quebrou. Virei a cabeça na direção dela. Isabella mirava, como eu fizera antes, o passadiço enluarado que se estendia até o castelo.

– Rupert deveria chegar hoje à noite – eu disse.

– Sim – ela disse com um embargo quase imperceptível na voz. – Deveria.

– Fiquei imaginando a chegada dele – contei. – A cavalo e em cota de malha. Mas suponho que, na verdade, ele vá chegar de capote e boina.

– Ele tem que chegar logo – disse Isabella. – Ah, ele *tem* que chegar logo...

A voz dela transparecia urgência, quase aflição.

Eu não sabia o que se passava em sua cabeça, mas senti uma apreensão um tanto vaga.

– É melhor não pensar muito na chegada dele – alertei. – As coisas podem dar errado.

– É, às vezes dão.

– Esperamos uma coisa – eu disse –, mas ela não está lá.

Isabella repetiu:

– Rupert tem que chegar *logo*.

Havia aflição, uma premência verdadeira, na voz dela.

Eu estava prestes a perguntar o que ela queria dizer, mas naquele momento John Gabriel saiu do celeiro e juntou-se a nós.

– A sra. Norreys me mandou ver se você estava precisando de alguma coisa – ele disse para mim. – Aceita um drinque?

– Não, obrigado.

– Tem certeza?

– Absoluta.

Ele praticamente ignorou Isabella.

– Faça um para você – sugeri.

– Não, obrigado. Eu não quero. – Fez uma pausa e acrescentou: – Noite agradável. Numa noite dessas, o jovem Lorenzo etcetera etcetera.

Nós três permanecemos calados. A música chegava abafada do celeiro. Gabriel virou para Isabella.

– Quer me conceder uma dança, srta. Charteris?

Isabella ergueu-se e murmurou em sua voz educada:

– Obrigada. Eu gostaria muito.

Os dois se afastaram lado a lado numa atitude bastante cerimoniosa, sem trocar uma palavra sequer.

Comecei a pensar em Jennifer. Fiquei me perguntando onde ela estaria, o que andaria fazendo. Estaria feliz ou infeliz? Teria encontrado, como diz o clichê, "outro alguém"? Eu desejava isso. Desejava muito.

Pensar em Jennifer não era verdadeiramente doloroso, pois a Jennifer que uma vez eu conhecera na realidade não existia. Eu a havia inventado para me agradar. Eu nunca havia me preocupado com a Jennifer real. Entre nós se interpunha a figura do Hugh Norreys apaixonado por Jennifer.

Uma cena de minha tenra infância me veio vagamente à lembrança: eu descendo oscilante e cuidadoso uma grande escadaria. Pude ouvir o tênue eco de minha própria voz avisando com pompa: "Aí vai o Hugh descendo os degraus...". Depois a criança aprende a falar "eu". Mas em algum lugar, no fundo, no fundo, aquele "eu" não penetra. Deixa de ser "eu" para se tornar um espectador. Enxerga a si próprio numa sequência de quadros. Eu vira Hugh consolar Jennifer, Hugh ser o mundo inteiro para Jennifer, Hugh prestes a tornar Jennifer feliz, prestes a compensar Jennifer por tudo o que havia acontecido com ela.

Tal como a Milly Burt, pensei de repente. Milly Burt ao decidir se casar com o amado Jim, ao pensar em torná-lo feliz e fazê-lo largar a bebida, sem se preocupar realmente em conhecer o verdadeiro Jim.

Experimentei esse processo com John Gabriel. Lá estava John Gabriel, apiedado da pequenina mulher, alegrando-a, sendo bondoso com ela, ajudando-a em tudo.

Tentei visualizar Teresa. Lá estava Teresa no dia do casamento com Robert, lá estava Teresa...

Não, aquilo não funcionaria. Teresa, pensei comigo, era adulta – aprendera a dizer "eu".

Dois vultos saíram do celeiro. Não vieram em minha direção. Em vez disso, tomaram o rumo contrário. Desceram os degraus até o patamar inferior e o jardim aquático...

Concentrei-me em meus devaneios. Lady Tressilian enxergando a si própria me persuadindo a restabelecer a saúde, a me interessar pela vida. A sra. Bigham Charteris enxergando a si mesma como a pessoa que sempre soube o jeito certo de resolver as coisas, ainda aos olhos dela a eficaz esposa do coronel do regimento. Bem, e por que não, afinal? A vida é dura, e precisamos ter nossos sonhos.

Jennifer tivera sonhos? Como ela era de verdade? Eu me dera ao trabalho de descobrir? Eu não vira sempre o que eu quis ver, minha fiel, infeliz e maravilhosa Jennifer?

Como ela era realmente? Nem tão maravilhosa assim, nem tão fiel assim (quando se analisa melhor!), com certeza infeliz, inexoravelmente infeliz... Lembro-me do remorso que ela mostrou e das autoacusações que ela fez quando eu estava lá deitado, todo alquebrado e despedaçado. Tudo culpa *dela*, tudo realização dela. O que significava isso, afinal, a não ser Jennifer enxergando a si num papel trágico?

Tudo o que acontecia devia ter Jennifer como causa. Essa é Jennifer, a personagem trágica e infeliz, para quem tudo dá errado, que assume a culpa por tudo o que acontece com os outros. É provável que Milly Burt não se comportasse de forma muito diferente. Milly – meus pensamentos migraram bruscamente das teorias sobre a personalidade aos problemas rotineiros do presente. Milly não viera ao torneio. Talvez isso denotasse sabedoria. Será que a ausência provocaria comentários do mesmo jeito?

Súbito estremeci e tive um sobressalto. Por pouco não tinha caído no sono. Estava esfriando...

Escutei passos subindo do patamar inferior do jardim. Era John Gabriel. Caminhou em minha direção, e percebi certo vacilo no seu andar. Fiquei me perguntando se ele estivera bebendo.

Aproximou-se de mim. Seu aspecto me deixou aturdido. Quando falou, a voz saiu engrolada e as palavras, indistintas. Dava toda a aparência de ter bebido, mas não era o álcool que o deixara naquele estado.

Caiu na risada, um tipo ébrio de risada.

– Aquela moça! – exclamou. – Aquela moça! Eu disse a você que ela era igual a qualquer outra. A cabeça até pode estar nas estrelas, mas os pés estão bem fincados no chão.

– Do que está falando, Gabriel? – indaguei mordaz. – Andou bebendo?

Ele riu de novo.

– Essa é boa! Não andei bebendo, não. Tenho coisa melhor a fazer do que beber. Ainda mais com uma garota esnobe e de nariz empinado! Quem diria, uma dama requintada se misturar com o povo! Mostrei a ela o seu lugar. Eu a resgatei das estrelas, eu mostrei a ela que ela é feita de argila comum. Faz tempo que eu digo a você que de santa ela não tem nada... Não com aqueles lábios... Ela é de carne e osso, sim. Igualzinha a todos nós. Beije qualquer mulher à sua escolha: são todas iguais... todas iguais!

– Olhe aqui, Gabriel – explodi furioso –, o que andou aprontando?

Ele soltou uma gargalhada.

– Andei me divertindo, meu velho – explicou. – É isso o que andei fazendo. Pura diversão. Meu modo particular de diversão... E um modo danado de bom também.

– Se você insultou aquela garota de alguma forma...

– Garota? Mulher, você quer dizer. Ela sabe o que está fazendo ou devia saber. Mulher, sem dúvida. Acredite em mim.

Outra vez ele riu. O eco daquela risada me assombrou por muitos e muitos anos. Risada indecente e horrivelmente desagradável. Eu o odiei naquele instante e continuei a odiá-lo.

Tive a horrível consciência de minha imobilidade desamparada. Ele me deixou ciente dela com um olhar rápido de desprezo. Não consigo imaginar ninguém mais abominável do que John Gabriel naquela noite...

Riu de novo e rumou vacilante ao celeiro.

Acompanhei-o com o olhar repleto de ira e de raiva. Então, enquanto eu ainda ruminava o amargor de minha invalidez, escutei alguém subindo os degraus do patamar. Dessa vez, passadas mais leves e mais silenciosas.

Isabella chegou ao patamar superior, cruzou o jardim e sentou-se no banco de pedra a meu lado.

Movimentos, como sempre, seguros e serenos. Sentou-se ali calada como ao anoitecer. Contudo, eu tinha consciência, a nítida consciência, de uma diferença. Era como se, sem sinais externos, ela buscasse reconforto. Algo em seu íntimo estava atônito e desperto. Havia, eu tinha a certeza, um grande tumulto em sua alma. Mas eu não sabia – e nem me arriscava a adivinhar – o que exatamente se passava na cabeça dela. Talvez nem ela soubesse.

Eu disse sem um pingo de coerência:

– Isabella, minha querida... está tudo bem?

Nem eu sabia direito o que eu queria dizer.

Ela respondeu:

– Não sei...

Poucos minutos depois, ela escorregou a mão na minha. Foi um gesto adorável e revelador de confiança, um gesto do qual nunca me esqueci. Não falamos nada. Ficamos ali sentados quase uma hora. Então o pessoal começou a sair do celeiro, e várias mulheres vieram conversando e se congratulando pelo sucesso do evento. Uma delas levou Isabella para casa de carona.

Tudo onírico e irreal.

Capítulo 17

Eu imaginava que Gabriel fosse manter distância de mim no dia seguinte. Porém, imprevisível como sempre, ele entrou na sala um pouco antes das onze horas e foi logo dizendo:

– Torcia para encontrá-lo sozinho. Acho que ontem fiz um papelão.

– Pode descrever assim. Já eu prefiro outros termos. Você é um verdadeiro porco, Gabriel.

– O que ela contou?

– Não contou nada.

– Parecia perturbada? Brava? Ora, ela deve ter dito *algo*. Fez companhia a você durante quase uma hora.

– Ela não abriu a boca – repeti.

– Se ao menos eu não tivesse... – cortou a fala. – Olhe aqui, não vá pensar que eu a seduzi, certo? Nada disso. Puxa vida, não. Eu só... Bem, só dei uns beijinhos nela. Luar, moça bonita... Acontece com qualquer um.

Eu não disse nada. Gabriel respondeu como se meu silêncio tivesse eloquência.

– Tem razão – concordou. – Não me orgulho do que fiz. Mas ela me provocou. Ela me provoca desde que a vi pela primeira vez. Deu a entender que era muito santa para ser tocada. É por isso que ontem à noite eu dei uns beijos nela, sim, e olha que não foram beijos comportados, foram bem selvagens até. Mas ela correspondeu, Norreys... É de carne e osso... De carne e osso como qualquer garota com quem a gente sai no sábado à noite. Imagino que ela esteja me odiando. Não preguei o olho a noite toda...

Caminhava agitado para lá e para cá. Logo voltou a perguntar:

– Tem certeza de que ela não falou nada? Nada mesmo?

– Já respondi isso duas vezes – eu disse com frieza.

Ele apertou a cabeça entre as mãos. O gesto teria sido engraçado caso não fosse puramente trágico.

– Nunca sei o que ela está pensando – comentou ele. – Não sei nada sobre ela. Vive numa dimensão fora do meu alcance. Como naquele maldito mural em Pisa. As beatas lá no céu, sentadas embaixo das árvores com um sorriso nos lábios. Eu *tinha* que arrastá-la para baixo... eu tinha que fazer isso! Não aguentava mais. Garanto a você que já não aguentava. Eu queria que ela se sujeitasse, queria arrastá-la para o chão e vê-la envergonhada. Queria que ela descesse comigo ao inferno...

– Pelo amor de Deus, Gabriel, cale a boca – pedi enraivecido. – Perdeu a noção da decência?

– Perdi. Você também perderia se passasse o que eu passei. Todas essas semanas. Ah, como eu queria nunca tê-la conhecido. Queria ser capaz de esquecê-la. Queria não saber da existência dela.

– Eu não tinha ideia...

Ele me cortou.

– *Você* não teria ideia. Você nunca enxerga um palmo à frente do nariz! É o indivíduo mais egoísta que já conheci, todo encaramujado nos próprios sentimentos. Não percebe o quanto estou arrasado? Mais um pouco e já nem me importo mais em entrar ou não no parlamento.

– A nação – comentei – sai lucrando.

– A verdade é – disse Gabriel tristonho – que troquei os pés pelas mãos.

Não respondi. Eu já suportara tanto Gabriel nos dias de vanglória que até senti uma ponta de satisfação ao vê-lo assim, todo desanimado.

Meu silêncio o incomodou. Fiquei contente. Eu queria mesmo incomodá-lo.

– Diga-me, Norreys, tem ideia do quanto você parece presunçoso e puritano? O que eu devo fazer? Peço desculpas a ela, digo que perdi a cabeça, algo desse tipo?

– Não tenho nada com isso. Você já teve tantas experiências com mulheres que deveria saber.

– Nunca me envolvi com uma mulher como essa. Acha que está escandalizada, enojada? Será que ela pensa que sou um verdadeiro porco?

De novo senti prazer em lhe dizer a verdade simples – que eu não sabia o que Isabella pensava ou sentia.

– Mas acho – comentei com o olhar metido na janela – que ela mesma pode nos dizer.

Na face de Gabriel surgiu um intenso rubor; nos olhos, uma expressão atormentada.

Postou-se defronte à lareira, numa pose feia, as pernas muito afastadas, o queixo projetado à frente. O olhar culpado e constrangido não combinava nem um pouco com ele. Aquele aspecto reles, furtivo e medíocre me deu prazer.

– Se ela me olhar como se eu fosse lixo – começou e não terminou a frase.

Mas Isabella não o olhou como se ele fosse lixo. Deu bom-dia, primeiro a mim e depois a ele. Igual atitude com os dois. Como sempre, grave e cortês. Ar sereno e casto de costume. Trouxera um recado para Teresa. Ao saber que Teresa estava na ala dos Carslake, saiu à procura dela, não sem antes nos recompensar com um sorriso gracioso.

Depois que ela fechou a porta atrás de si, Gabriel começou a praguejar. Ele a amaldiçoou de modo insistente e caústico. Sem êxito, tentei refrear a torrente de perversidade. Ele gritou:

– Cale a boca, Norreys! Isso não tem nada a ver com você. Pode escrever, vou acertar as contas com essa garota esnobe e arrogante nem que seja a última coisa que eu faça na vida.

E nisso retirou-se da sala de modo intempestivo, batendo a porta com tanta força que toda Polnorth House estremeceu com o impacto.

Eu não queria deixar de falar com Isabella depois que ela saísse dos Carslake. Por isso, toquei a sineta e pedi que levassem a cadeira de rodas para o jardim.

Não tive de esperar muito. Isabella saiu pela porta de vidro da outra ala e atravessou o jardim em minha direção. Com a naturalidade de sempre, veio diretamente ao banco de pedra e sentou-se. Não falou nada. As mãos compridas, como de costume, entrelaçaram-se frouxamente sobre o colo.

Em geral, isso já bastaria para me deixar feliz, mas nesse dia minha mente estava agitada. Eu queria saber o que se passava naquela cabeça de tão nobre formato. Eu presenciara o estado em que Gabriel estava. Não tinha ideia da impressão (se é que havia alguma) que Isabella tivera dos fatos da noite anterior. A dificuldade em lidar com ela era ter de expor as coisas literalmente. Proferir eufemismos em voga resultava apenas num olhar de completo espanto.

Entretanto, pela força do hábito, meu primeiro comentário saiu totalmente vago.

– Tudo bem, Isabella? – indaguei.

Relanceou-me um olhar calmo e indagador.

– Gabriel – expliquei – está perturbado esta manhã. Acho que ele quer pedir desculpas pelo que aconteceu ontem à noite.

Ela disse:

– Pedir desculpas por quê?

– Bem... – falei hesitante –, ele acha que se comportou mal.

Com ar pensativo, ela disse:

– Ah, entendo.

Não havia nem sinal de embaraço em seu jeito. Minha curiosidade levou-me a fazer mais perguntas, embora o assunto não me dissesse respeito.

– Não *acha* que ele se comportou mal? – indaguei.

Ela respondeu:

– Não sei... Simplesmente não sei... – E, como quem se desculpa, acrescentou: – Sabe, eu nem tive tempo de pensar no assunto.

– Não ficou chocada, assustada ou chateada?

Eu estava curioso, curioso de verdade.

Pareceu meditar sobre minhas palavras. Logo disse, ainda num remoto distanciamento:

– Não, acho que não. Por acaso eu deveria?

E com isso, é claro, ela virou o feitiço contra o feiticeiro. Afinal, eu não sabia a resposta. O que uma moça normal sente quando encontra, pela primeira vez, não o amor, certamente não a ternura, mas a paixão facilmente despertada num homem de tendências um tanto brutas?

Eu sempre senti (ou só quis sentir?) algo extraordinariamente virginal em Isabella. Mas isso seria verdade? Gabriel, eu me lembrava, mencionara duas vezes a boca de Isabella. Prestei atenção nela. O lábio inferior – carnudo, saliente e sem batom – era de um vermelho natural e fresco. Sem dúvida, uma boca sensual – e ardente.

Gabriel despertara uma resposta nela. Mas qual a natureza dessa resposta? Puramente carnal? Instintiva? Uma resposta endossada pelo bom-senso?

Então Isabella me fez uma pergunta. Indagou-me muito singelamente se eu gostava do major Gabriel.

Houve uma época em que teria sido difícil responder essa pergunta. Mas naquele dia meus sentimentos em relação a Gabriel estavam muito claros.

Respondi inflexível:

– Não.

Pensativa, ela disse:

– A sra. Carslake também não gosta.

Não gostei nem um pouco de ser comparado com a sra. Carslake.

Eu também fiz uma pergunta.

– Gosta dele, Isabella?

Ela permaneceu em silêncio por um bom tempo. E, quando as palavras vieram à tona num esforço, eu me dei conta que haviam saído de um profundo charco de perplexidade.

– Não sei quem ele é... Não sei nada sobre ele. É horrível quando a gente não consegue nem conversar com alguém.

Para mim, era difícil entender o que ela queria dizer. Afinal, sempre que eu sentia atração por uma mulher, o entendimento havia sido, por assim dizer, um engodo. A crença (às vezes errônea) na existência de uma afinidade especial. A descoberta de coisas que os dois gostavam e não gostavam; a troca de ideias sobre peças teatrais, livros e questões éticas; o compartilhar de afinidades e antipatias.

A agradável sensação de companheirismo sempre fora o começo daquilo que muitas vezes não tinha nada de companheirismo: apenas sexo camuflado, nada mais.

Gabriel, pelo depoimento de Teresa, exercia atração sobre as mulheres. Presume-se que Isabella o tenha considerado atraente. Mas para ela, nesse caso, tal poder de atração era mera constatação – não vinha disfarçado pela bela e ilusória aparência de falso entendimento. Ele viera na condição de estranho e forasteiro. Mas será que ela o achava mesmo atraente? Seria possível, talvez, que ela sentisse atração pelos beijos dele e não por ele?

Percebi que tudo isso não passava de raciocínio. E Isabella não raciocinava. Seja lá qual fosse o sentimento que nutrisse por Gabriel, ela não o submeteria à análise. Ela o aceitaria – como mais um detalhe entretecido na tapeçaria da vida – e avançaria ao trecho seguinte do desenho.

E foi isso que, súbito me dei conta, despertara a ira quase desvairada de Gabriel. Por um átimo senti uma ponta de compaixão por ele.

Então Isabella falou.

Perguntou-me com voz séria por que as rosas vermelhas nunca duravam na água.

Debatemos o assunto. Perguntei a ela quais eram suas flores prediletas.

Rosas vermelhas, ela respondeu. Goivos de um marrom bem escuro e matiolas, nas palavras dela, "de um violeta claro, de aparência encorpada".

Gosto inusitado. Eu quis saber por que ela gostava dessas flores em especial. Ela disse que não sabia.

– Sua mente é preguiçosa, Isabella – afirmei. – Saberia perfeitamente se se desse ao trabalho de pensar.

– Será? Muito bem, vou pensar, então.

Ficou ali sentada, aprumada e séria, pensando...

(E é assim que, quando eu me lembro de Isabella, eu a vejo e sempre a verei até o fim dos tempos. Sentada ao sol no encosto reto do banco de pedra, a cabeça altiva e ereta, as mãos finas e compridas entrelaçadas placidamente no colo, o rosto sério, pensando nas flores.)

Por fim, ela disse:

– Acho que é porque elas nos dão a vontade de tocar naquela maciez de veludo... sem falar no cheiro bom que elas exalam. Rosas não crescem bonitas nos canteiros... Crescem de um jeito desordenado. A rosa quer estar sozinha num vaso. Então se torna linda, pelo menos num tempo muito curto, até murchar e morrer. Não adianta nada colocar aspirina nem queimar a haste. Pelo menos não com as rosas vermelhas. Para as outras, até que funciona. Mas nada aumenta a longevidade das rosas bem grandes e bem vermelhas. Eu queria que elas não morressem.

Sem dúvida, foi a fala mais longa que Isabella me dirigiu. Ela mostrou mais interesse em rosas do que em Gabriel.

Como eu já disse, nunca vou me esquecer desse momento. O clímax de nossa amizade...

Corri o olhar e avistei a trilha que cortava os campos rumo ao castelo de St. Loo. Pela trilha um vulto se aproximava – um vulto de capote e boina. Com espanto, senti uma súbita pontada de aflição. Eu sabia: Lorde St. Loo havia retornado ao lar.

Capítulo 18

Às vezes, temos a ilusão de que certos eventos já aconteceram uma tediosa porção de vezes. Tive essa impressão ao observar o jovem Lorde St. Loo vindo em nossa direção. Pareceu-me que em repetidas ocasiões eu estivera ali, desamparado, imóvel, assistindo à chegada de Rupert Loo pelos campos... Acontecera muitas vezes antes e continuaria a acontecer para sempre...

Isabella, disse meu coração, *é o adeus*. O destino bate à sua porta.

Outra vez a atmosfera de conto de fadas; o ilusório, o irreal. O mesmo que assistir ao final conhecido de uma história conhecida.

Suspirei de leve ao fitar Isabella. Ela nem percebera a aproximação do destino. Cabisbaixa, mirava o alvor das mãos finas e compridas. Ainda pensava em rosas – ou talvez em goivos marrom-escuros...

– Isabella – murmurei com a voz suave –, alguém está vindo...

Ela ergueu os olhos sem pressa, com tênue interesse. Girou o pescoço. O corpo dela se enrijeceu e depois foi perpassado por um leve frêmito.

– Rupert – ela disse. – Rupert...

É claro, talvez nem fosse Rupert. Ninguém poderia afirmar devido à distância. Mas era Rupert.

Hesitante, ele cruzou o portão e galgou os degraus até o jardim como quem se desculpa. Afinal, Polnorth House pertencia a pessoas que ele ainda não conhecia... Mas no castelo lhe disseram que ali encontraria a prima.

Aproximou-se pelo caminho do jardim. Isabella ergueu-se e deu dois passos na direção dele. Ele apertou o passo na direção dela.

Ao se encontrarem, ela disse com a voz doce:
– Rupert...
Ele exclamou:
– Isabella!

Permaneceram ali juntos, um de frente para o outro, as mãos dadas, a cabeça dele inclinada de um modo protetor.

Cena perfeita, irretocável. Num filme, não precisaria ser feita nova tomada. No teatro, deixaria toda e qualquer romântica de meia-idade com um nó na garganta. Cena idílica e idealizada... Final feliz de um conto de fadas. Romance com "R" maiúsculo.

O encontro do menino e da menina que durante anos pensaram um no outro, cada qual construindo uma imagem parcialmente ilusória e descobrindo, quando enfim se uniram, que a ilusão miraculosamente estava em uníssono com a realidade...

O tipo de cena que se diz que não acontece na vida real. Mas acontecia ali, bem na minha frente.

Entraram em acordo, na verdade, naquele primeiro instante. No fundo, Rupert sempre se aferrou com tenacidade à determinação de voltar a St. Loo e se casar com Isabella. E Isabella sempre teve a plácida certeza de que Rupert voltaria para casa e se casaria com ela e de que os dois viveriam juntos em St. Loo... felizes para sempre.

E agora, para os dois, a fé se legitimava e o sonho se locupletava.

O instante logo se dissipou. Com um brilho de felicidade no rosto, Isabella virou-se para mim.

– Este é o capitão Norreys – apresentou ela. – Meu primo Rupert.

St. Loo deu um passo à frente e apertou a minha mão. Aproveitei para dar uma boa olhada nele.

Ainda acho que nunca vi ninguém mais bonito. Nada a ver com a beleza do tipo delicada, mas sim totalmente viril. Rosto magro e tisnado pelas intempéries, bigode farto, olhos azul-escuros, cabeça aprumada, ombros largos, flancos estreitos e pernas bem moldadas. Voz atraente, grave e aprazível, sem sotaque colonial. O rosto transmitia humor, inteligência, pertinácia e um quê de constância serena.

Pediu desculpas por aparecer assim, sem avisar. Mas contou que veio de carro direto do aeroporto. Ao chegar ao castelo, Lady Tressilian avisou que Isabella havia ido a Polnorth House; talvez a encontrasse lá.

Terminou de explicar e fitou Isabella com um brilho alegre tremeluzindo no olhar.

– Você mudou muito desde o tempo do colégio, Isabella – observou. – Lembro de você com perninhas raquíticas, duas trancinhas balançantes e uma expressão bem séria.

– Meu aspecto não devia ser nada agradável – comentou Isabella pensativa.

Lorde St. Loo disse que desejava conhecer minha cunhada e meu irmão, cujas telas admirava muito.

Isabella disse que Teresa estava nos Carslake. Ela se ofereceu para chamá-la. Rupert queria conhecer os Carslake também?

Rupert disse que não era necessário. De qualquer forma, ele não se lembrava deles, apesar de já morarem em St. Loo quando ele era estudante.

– Acho, Rupert – disse Isabella –, que vai ter de conhecê-los. Vão ficar muito empolgados com sua vinda. Todos vão gostar.

O jovem Lorde St. Loo mostrou apreensão. Só havia tirado um mês de licença, conforme explicou.

– E então vai ter de voltar ao Oriente? – perguntou Isabella.

– Sim.

– E, quando a guerra no Pacífico acabar, vai voltar para morar aqui?

Fez a pergunta com seriedade. O rosto dele também assumiu uma expressão séria.

– Vai depender – respondeu – de várias coisas...

Seguiu-se um breve silêncio inexplicável... como se os dois estivessem pensando na mesma coisa. Entre ambos ainda havia plenitude de harmonia e compreensão.

Isabella saiu à procura de Teresa; Rupert St. Loo sentou-se e começou a conversar comigo. Falamos de assuntos da caserna, e eu gostei. Desde que eu viera a Polnorth House, eu convivia forçosamente numa atmosfera feminina. St Loo era um daqueles recantos da nação que se mantém de modo consistente alijado da guerra. A ligação com a guerra ocorre apenas por conta de diz que diz, testemunhos indiretos, rumores. Em geral, militares de licença prefeririam não tocar no assunto.

Em vez disso, eu mergulhara num mundo puramente político – e o mundo político, ao menos em lugarejos como St. Loo, é em essência feminino. Mundo de cálculo, persuasão e mil pequenas sutilezas, junto com muito trabalho enfadonho e desinteressante que, outra vez, ajuda a compor a contribuição feminina à existência. Mundo em miniatura... O universo externo de sangue e violência só cabe ali como o pano de fundo cabe no cenário de uma peça. Com uma guerra mundial ainda não terminada ao fundo, lutávamos uma batalha provinciana e intensamente pessoal. O mesmo acontecia Inglaterra afora, camuflada por nobres clichês. Democracia, liberdade, segurança, império, nacionalização, lealdade, admirável mundo novo – essas eram as palavras, as bandeiras.

Mas as eleições reais, como comecei a suspeitar que sempre era o caso, eram influenciadas por aquelas insistências pessoais tão mais importantes e tão mais urgentes que palavras e bandeiras.

Qual dos lados vai me dar uma casa para morar? Qual dos lados vai trazer de volta meu filho Johnnie e meu marido David? Qual dos lados vai dar a meus filhos pequenos melhores oportunidades no futuro? Qual dos lados vai impedir que guerras futuras tirem de mim – e matem – meu marido ou quem sabe meus filhos?

Palavra bonita não enche barriga. Quem vai me ajudar a reabrir a minha loja? Quem vai construir uma casa para mim? Quem vai nos dar mais comida, mais roupas, mais toalhas, mais sabonetes?

Churchill é um bom sujeito. Venceu a guerra para nós. Poupou-nos da presença dos alemães em nosso território. Vou apoiar Churchill.

Wilbraham é professor. A educação é o caminho para as crianças progredirem na vida. Os trabalhistas vão nos dar mais casas, é o que estão prometendo. Churchill vai demorar mais para trazer os soldados de volta. Os trabalhistas vão nacionalizar as minas e então todo o carvão será nosso.

Eu gosto do major Gabriel. Homem de verdade. Importa-se com as coisas. Já se feriu em combate, lutou por toda a Europa, não ficou em casa num emprego seguro. Sabe o que sentimos em relação a nossos soldados. É o perfil que queremos – não uma droga de professor! Professores, pois sim! Aquelas professoras refugiadas nem ajudam a sra. Polwidden a lavar a louça do café da manhã. Arrogantes é o que elas são.

Afinal, o que são políticos além de barracas adjacentes numa grande exposição, cada qual oferecendo sua receita mágica para a cura de todos os males? E o povo crédulo engole a conversa.

Eu vivia naquele mundo desde que comecei a viver outra vez. Era um mundo que eu não conhecia, no qual tudo era novidade.

Primeiro, eu desprezara esse mundo com ar tolerante. Eu o havia encarado apenas como outro modo fácil e lucrativo de ganhar a vida. Mas agora eu começava a me dar conta das coisas em que ele se baseava, as realidades apaixonadas, a interminável luta pela sobrevivência. Mundo feminino – não masculino. O homem ainda era o caçador – despreocupado, esfarrapado, muitas vezes faminto, mas a passos enérgicos, com a mulher e o filho atrás dele. Um mundo assim não precisa de política, só de olhos rápidos e mãos hábeis à espreita da presa.

Contudo, o mundo civilizado se baseia no solo, no solo cultivado e produtivo. Mundo que constrói prédios e os preenche com pertences – mundo maternal e fecundo, onde a sobrevivência é infinitamente mais complicada e resulta em sucesso ou fracasso numa centena de modos distintos. Mulheres não enxergam estrelas: enxergam quatro paredes que as abrigam do vento, panela no fogo, rostos adormecidos de crianças bem-alimentadas.

Eu queria – e como queria – fugir daquele mundo feminino. Robert não me ajudava nesse pormenor – ele era pintor. Um artista maternalmente preocupado em dar vida a suas obras. Gabriel era másculo o suficiente – a presença dele ia além da infinitesimal rede de intrigas –, mas em essência nossas afinidades tinham se esgotado.

Com Rupert St. Loo, retornei a meu próprio mundo. O mundo de Alamein e da Sicília, de Cairo e de Roma. Falamos a velha língua, o velho idioma, descobrimos amigos em comum. Voltei de novo, homem inteiro, ao mundo despreocupado do tempo de guerra, mundo de morte iminente, mas de leveza de espírito e prazeres físicos.

Simpatizei imensamente com Rupert St. Loo. Um oficial, tive a certeza, de primeira categoria, com personalidade extremamente cativante. Inteligente, bem-humorado e sensível. O tipo de homem, pensei, necessário à construção do novo mundo. Homem de tradições e, ao mesmo tempo, de pensamentos modernos e inovadores.

Logo Teresa apareceu com Robert. Ela explicou nosso envolvimento no turbilhão da campanha eleitoral, e Rupert St. Loo confessou que não era muito afeito à política. Então foi a vez de os Carslake chegarem, com Gabriel a tiracolo. A sra. Carslake falou de modo efusivo, e Carslake adotou sua postura simpática. Declarou-se encantado em conhecer Lorde St. Loo e apresentou o nosso candidato, major Gabriel.

Rupert St. Loo e Gabriel trocaram saudações cordiais; Rupert desejou-lhe boa sorte, Gabriel contou um pouco sobre a campanha e como as coisas iam. Com os dois parados de perfil na contraluz do sol, percebi o contraste realmente cruel entre eles. Era algo além de Rupert ser bonito e Gabriel um homenzinho feioso – algo mais profundo. Rupert St. Loo, equilibrado, confiante, naturalmente cortês e afável. Nele também se percebia uma honestidade a toda prova. Um comerciante chinês, se me permite o exemplo, venderia fiado a ele um lote indefinido de mercadorias – e teria agido certo. Gabriel perdia longe na comparação – nervoso, agressivamente dogmático, parado com as pernas muito afastadas, inquieto. O coitado parecia um reles e desagradável plebeu. Pior: parecia o tipo de homem que só é honesto quando isso o favorece. Um cachorro de pedigree duvidoso que de repente é colocado no picadeiro ao lado de um puro-sangue.

Com um murmúrio, chamei a atenção de Robert, em pé ao lado de minha cadeira de rodas, para os dois homens.

Entendeu e, pensativo, fitou a dupla. Gabriel não parava quieto. Tinha de erguer os olhos para falar com Rupert, e acho que não gostava disso.

Outra pessoa cuidava os dois – Isabella. Primeiro, o olhar dela oscilou entre os dois. Então, de modo inequívoco, concentrou-se em Rupert. Com os lábios entreabertos, ela jogou a cabeça para trás com altivez, o rosto levemente afogueado. Aquela expressão altiva e satisfeita era linda de se ver.

Num olhar de relance, Robert percebeu a atitude dela. Então, pensativo, voltou a descansar os olhos no rosto de Rupert St. Loo.

Quando os outros entraram na casa para beber algo, Robert permaneceu no jardim. Perguntei o que ele tinha achado de Rupert St. Loo. A resposta foi curiosa.

– Eu diria – falou – que no dia do batizado dele não apareceu nenhuma fada má.

Capítulo 19

Sem demora, Rupert e Isabella entraram em acordo. A meu ver, o acordo entre os dois já havia se estabelecido no instante em que se encontraram no jardim, perto de minha cadeira de rodas.

Ambos, acho eu, sentiram um intenso alívio porque o sonho secreta e longamente acalentado não havia sido motivo de decepção.

Pois, como Rupert me contou dias mais tarde, ele acalentara um sonho.

Ficamos bem amigos, ele e eu. Ele também se alegrava por ter uma amizade do sexo masculino. A atmosfera do castelo era sobrecarregada de adoração feminina. As três velhas senhoras amavam Rupert imensa e abertamente; até mesmo Lady St. Loo deixou de lado boa parte do seu peculiar temperamento austero.

Por isso, Rupert apreciava atravessar os campos para trocar ideias comigo.

– Eu sempre me achava um imbecil em relação à Isabella. Fale o que quiser, mas é engraçado decidir se casar com alguém quando esse alguém ainda é criança (e uma criança magricela e desengonçada) e anos depois descobrir que não mudou de ideia.

Contei que já ouvira falar de casos parecidos.

Falou pensativo:

– A verdade é que Isabella e eu pertencemos um ao outro... Sempre senti que ela fazia parte de mim, uma parte que eu ainda não conseguia alcançar, mas que eu teria de alcançar um dia para me sentir completo. Engraçado. Ela é uma garota esquisita.

Por um minuto soltou baforadas em silêncio e depois emendou:

– O que mais gosto nela é a completa ausência de senso de humor.

– Acha que ela não tem?

– Nem um pouco. É um sossego maravilhoso... Sempre suspeitei que o senso de humor é uma espécie de truque social que nós, pessoas ditas civilizadas, adotamos como um seguro contra a desilusão. Fazemos um esforço consciente para ver o lado engraçado das coisas, pois suspeitamos que no fundo elas são insatisfatórias.

Aquilo fazia certo sentido... Meditei sobre o assunto com um sorriso meio atravessado...

Ele olhava para o castelo. Falou aos borbotões:

– Amo aquele lugar. Sempre amei. Mas me alegro por ter sido criado na Nova Zelândia até pouco antes de entrar no colégio Eton. Isso me deu certo distanciamento. Vejo o lugar com os olhos de um forasteiro e, ao mesmo tempo, me identifico com ele naturalmente. Eu vinha passar as férias aqui e sabia que o castelo era meu, que algum dia eu moraria nele... Eu o reconhecia, por assim dizer, como algo sempre almejado... Na primeira vez em que o vi, tive uma sensação estranha e misteriosa. Uma sensação de volta ao lar. E Isabella fazia parte disso. Eu tinha e sempre tive a certeza de que nos casaríamos e viveríamos aqui o resto de nossas vidas.

Enrijeceu os maxilares com ar resoluto.

– E *vamos* morar! Apesar dos impostos, das despesas e das reformas. E da ameaça de nacionalização da terra. Este é o nosso lar, o lar de Isabella e o meu.

No quinto dia após o retorno de Rupert, oficializaram o noivado.

Foi Lady Tressilian quem nos contou a novidade. Sairia uma nota no *Times* no dia seguinte ou depois, ela disse, mas fez questão de nos contar em primeira mão. E estava *tão* feliz com aquilo!

O rosto redondo e simpático estremecia de prazer sentimental. Teresa e eu nos comovemos com a felicidade dela. Deixava muito clara a falta que sentia de certas coisas em sua vida particular. No júbilo do momento, ela se tornou bem menos maternal comigo, o que me permitiu desfrutar bem mais de sua companhia. Pela primeira vez não me trouxe livros e praticamente não tentou ser animada e encorajadora. Era evidente que só pensava numa coisa: Rupert e Isabella.

As atitudes das outras duas velhas damas foram um tanto diferentes. A sra. Bigham Charteris redobrou a energia e a vivacidade. Acompanhou Rupert em caminhadas quilométricas para explorar a propriedade e conhecer os arrendatários. Instruiu-lhe sobre consertos nos telhados e outros reparos imprescindíveis. E também sobre o que poderia e, na verdade, deveria ser deixado de fazer.

– Amos Polflexen só sabe reclamar. Não faz nem dois anos as paredes da casa dele receberam reboco novo. Mas algo tem de ser feito na chaminé da casa de Ellen Heath. Ela é a paciência em pessoa. Os Heath arrendam terras da propriedade há três séculos.

Contudo, a atitude mais curiosa foi a de Lady St. Loo. Por um tempo não soube defini-la. Então, um dia, matei a charada. Era triunfo, um tipo inusitado de triunfo. Espécie de regozijo por vencer a batalha – contra um inimigo invisível e inexistente.

– Agora, tudo vai ficar bem – ela me disse.

Então soltou um suspiro – um suspiro fundo de cansaço. Foi como se tivesse dito: "Deixai agora, Senhor, o vosso servo seguir em paz...". Ela me deu a impressão de que tivera medo (mesmo sem demonstrar) e agora sabia que nada havia a temer.

Afinal, eram pequenas as chances de o jovem Lorde St. Loo voltar e casar com a prima que não via há oito anos. De longe, o mais provável era Rupert ter se casado com outra mulher nos anos da guerra. No calor da guerra, casamentos acontecem com muita rapidez. A rigor, a chance de Rupert casar com Isabella era pequena.

Entretanto, havia uma aura de justeza naquilo – uma conveniência.

Perguntei a Teresa se ela não concordava. Pensativa, ela assentiu com a cabeça.

– Fazem um belo par – reconheceu.

– Feitos um para o outro. É isso que os velhos criados da família comentam nos casamentos, mas desta vez é mesmo verdade.

– Sim. É incrível... Às vezes não tem a impressão, Hugh, de que está prestes a acordar de um sonho?

Avaliei por um instante a pergunta, pois eu sabia a que ela se referia.

– Nada que envolva o castelo de St. Loo é real – eu disse.

Mais cedo ou mais tarde eu saberia a opinião de John Gabriel. Ele manteve o hábito de ser sincero comigo. Até onde percebi, Gabriel não tinha simpatizado com Lorde St. Loo. Isso era mais do que natural, porque Rupert St. Loo inevitavelmente roubou a cena de Gabriel.

Toda a localidade de St. Loo empolgou-se com a chegada do legítimo proprietário do castelo. Os primeiros habitantes tinham orgulho da antiguidade do título e lembravam-se do pai dele. A empolgação dos novos habitantes era mais esnobe.

– Que rebanho de ovelhinhas mais repugnante – sentenciou Gabriel. – Fico abismado. Por que os ingleses se importam tanto com títulos honoríficos?

– Não chame de inglês um morador da Cornualha – alertei. – Não aprendeu isso ainda?

– Foi sem querer. Mas é verdade, não é? Ou cercam a pessoa de adulação ou vão para o outro extremo.

Acham tudo uma bobagem e se mostram agressivos, o que não passa de esnobismo invertido.

– E de que lado você fica? – indaguei.

Na mesma hora Gabriel abriu um sorriso. Sempre apreciava fatos que depunham contra ele.

– Sou um esnobe invertido sim – confessou. – A coisa que eu mais queria no mundo era ter nascido Rupert St. Loo.

– Você me espanta – comentei.

– Certas coisas vêm de berço. Eu daria tudo para ter as pernas dele – murmurou Gabriel em tom meditativo.

Lembrei do que Lady Tressilian observara no lançamento da candidatura de John Gabriel. Gostei de constatar o quanto ele era uma pessoa perceptiva.

Perguntei se Gabriel achava que Rupert St. Loo havia lhe roubado a cena.

Gabriel analisou o mérito da pergunta com seriedade antes de revelar quaisquer sinais de irritação.

Não, disse ele, não havia problema algum. Lorde St. Loo não era adversário político. No fundo, era propaganda extra para o Partido Conservador.

– Mas arrisco afirmar que se ele *realmente* se posicionasse... Quero dizer, se *pudesse* se posicionar (o que, é claro, não pode fazer, sendo um nobre), ele muito provavelmente se posicionaria a favor dos trabalhistas.

– Certamente não – objetei. – Afinal, ele é um proprietário de terras.

– Ele não gostaria que o governo desapropriasse suas terras, é claro. Mas hoje em dia as coisas andam muito distorcidas, Norreys. Fazendeiros e genuínos componentes da classe trabalhadora são conservadores leais. Jovens intelectuais pós-graduados e endinheirados são trabalhistas, em especial porque, eu suponho, não têm a mínima noção do que seja trabalhar com as próprias mãos nem a mínima ideia do que os trabalhadores querem.

– E o que os trabalhadores querem? – indaguei, porque eu sabia que Gabriel sempre dava respostas diferentes para aquela mesma pergunta.

– Querem ver o país prosperar, para que *eles* possam prosperar. Pensam que os conservadores têm melhores condições de fazer o país prosperar, pois sabem que eles têm mais conhecimento financeiro. Isso obviamente é muito sensato. Eu diria que Lorde St. Loo é mesmo um liberal antiquado. E sem dúvida hoje um liberal não tem serventia. Liberal não tem serventia, Norreys, e nem adianta abrir a boca para me dizer o contrário. Aguarde o resultado das eleições. A bancada do Partido Liberal vai ficar tão pequena que só com lupa poderemos enxergá-la. No fundo ninguém gosta de ideias liberais. Ninguém gosta do meio-termo. É pacato demais.

– E acha que Rupert St. Loo é defensor do meio-termo?

– Sim. É um moderado. Respeita as tradições e acolhe as novidades. Nem tanto ao céu, nem tanto à terra. É um bolo de gengibre!

– O quê? – interpelei.

– Ouviu o que eu disse. Bolo de gengibre! Castelo de bolo de gengibre! Lorde de bolo de gengibre. – Bufou com desdém. – Casamento de bolo de gengibre!

– E noiva de bolo de gengibre? – indaguei.

– Não. Ela é real... Apenas perdeu o rumo... como João e Maria quando encontraram a casa de bolo de gengibre. É apetitoso, o bolo de gengibre, a gente pode quebrar um pedacinho e comer. Sem dúvida, é comestível.

– Não gosta muito de Rupert St. Loo, gosta?

– Por que eu deveria gostar? Por sinal, ele não gosta de mim.

Durante um breve instante, avaliei a afirmação. De fato, eu não acreditava que Rupert Loo gostasse de John Gabriel.

— Ainda assim, ele vai ter que me aceitar — disse Gabriel. — Logo serei o parlamentar da região. De vez em quando, terão que me convidar para jantar e subir ao palanque comigo.

— Você é muito autoconfiante, Gabriel. Não se elegeu ainda.

— Eu lhe garanto: são favas contadas. *Tem* que acontecer. Não terei outra chance. Sou uma espécie de experimento. Se fracassar, meu nome está na lama e estou acabado. Não posso voltar à atividade militar. Não sou do setor administrativo. Sou útil apenas no calor da refrega. Quando a Guerra do Pacífico encerrar, estou acabado. A função de Otelo está terminada.

— Nunca achei — eu disse — Otelo um personagem verossímil.

— Qual é o problema? O ciúme nunca é verossímil.

— Então digamos... um personagem que inspire compaixão. Não sentimos pena dele. Achamos que ele não passa de um imbecil.

— É mesmo — disse Gabriel, pensativo. — Não sentimos pena dele. Pelo menos não do jeito que sentimos pena de Iago.

— Pena de Iago? Puxa, Gabriel, você tem as compaixões mais inusitadas.

Ele me relanceou um olhar estranho.

— Não — disse ele. — Você *não* entenderia.

Levantou-se e pôs-se a andar de um lado para o outro, de forma brusca. Empurrou sonhadoramente alguns dos objetos na escrivaninha. Percebi com certa curiosidade que ele agia sob o efeito de uma emoção profunda e não verbalizada.

— Entendo Iago — afirmou. — Entendo até o motivo pelo qual o pobre diabo no fim não diz nada além de

Quem sabe, sabe: não me peça mais.
Pois, doravante, palavras jamais.

Ele se virou para mim.

– Sujeitos como você, Norreys, que sempre viveram de bem consigo a vida toda, capazes de crescer consigo sem vacilar (se posso me exprimir assim), ora, o que vocês podem saber sobre os pequenos Iagos, os condenados, os sórdidos? Meu Deus, se um dia eu produzisse Shakespeare, Iago brilharia. Eu daria o papel a um ator de verdade, daqueles que nos comovem até as entranhas! Já imaginou o que é nascer covarde? Mentir, enganar e se safar? Amar tanto o dinheiro a ponto de acordar, comer, dormir e beijar a esposa pensando em dinheiro? E o tempo todo *saber* quem você é...

"É este o inferno da vida: ter a visita de uma fada boa no batizado no meio de um bando de fadas más. E, quando a maioria ruim já o transformou num vil canalha, a fada boa acena a mão e canta: *Dei a ele o dom de ver e saber...*

"*Quando nos deparamos com o sublime, devemos amá-lo.* Quem foi mesmo o imbecil que falou isso? Wordsworth, provavelmente. Um homem que não podia enxergar uma pétala de prímula sem ficar encantado...

"Eu lhe digo, Norreys, as pessoas odeiam o sublime quando se deparam com ele. Odeiam porque o sublime não é feito para elas, porque nunca vão ser aquilo pelo qual venderiam a alma. A pessoa que realmente dá valor à coragem em geral é a primeira a fugir no perigo. Já vi isso mais de uma vez. Acha que a pessoa é o que quer ser? A pessoa é o que nasce sendo. Acha que o pobre diabo que idolatra dinheiro quer idolatrar dinheiro? Acha que a pessoa com imaginação lasciva quer ter imaginação lasciva? Acha que quem foge quer fugir?

"Não sentimos inveja (inveja de verdade) das pessoas que se saíram melhor do que nós. Sentimos inveja das pessoas *melhores* do que nós.

"Se estamos na lama, odiamos o ser humano lá nas estrelas... Queremos arrastá-lo para baixo, bem para baixo, para chafurdar na lama do nosso chiqueiro... Não há como não sentir pena de Iago, é o que eu digo. Ele teria sucesso se não tivesse conhecido Otelo. Ele se sairia bem passando o conto do vigário. Hoje ele ganharia a vida vendendo ações de minas de ouro inexistentes para trouxas do Ritz Bar.

"Sujeito ponderado, o Iago. Tão honesto, sempre pronto para enganar um simples soldado. Nada mais fácil do que enganar um soldado. Quanto melhor o soldado, mais bobo ele é no mundo dos negócios. São sempre os soldados que compram ações falsas, acreditam em planos mirabolantes para resgatar tesouros de galeões espanhóis afundados e compram granjas avícolas à beira da falência. Soldados são do tipo crédulo. Otelo era o tipo do simplório que teria acreditado em qualquer história plausível contada por um artista. E Iago era um artista. Basta ler nas entrelinhas da peça. É claro como água: Iago está desviando os fundos do regimento. Otelo não acredita nisso. Ah, não! O estúpido e honesto Iago não faria isso. Isso é coisa de quem tem a mente confusa. Promove Cássio em detrimento de Iago. Cássio era um guarda-livros e quero que um raio caia em minha cabeça se isso não é um contador. Otelo achava Iago um sujeito bom e honesto, mas não suficientemente inteligente para ser promovido.

"Não se lembra de toda aquela fanfarronice com que Iago proclama aos quatro ventos suas proezas nas batalhas? Tudo besteira, Norreys. Nunca aconteceu. É aquilo que se escuta todo dia num pub de caras que nunca estiveram no front. Lorotas de Falstaff, mas não se trata de comédia, e sim de tragédia. Iago, pobre coitado, queria ser Otelo. Queria ser um soldado corajoso e justo, mas não conseguia, como o corcunda que por mais que tente não consegue ficar aprumado. Queria chamar a atenção das mulheres, mas para as mulheres ele não tinha serventia. A mulher dele, aquela bisca simpática, o desprezava como homem. Não pensava duas vezes para pular na cama com outros homens. Pode apostar que todas as mulheres queriam ir para a cama com Otelo! Eu lhe digo, Norreys, já vi coisas esquisitas acontecerem com homens sexualmente humilhados. Eles se tornam patológicos. Shakespeare sabia disso. Iago não abre a boca sem que por ela saia um jorro de peçonha negra, perversa e sexual. Mas o que ninguém parece perceber é o quanto aquele homem sofreu! Ele conseguia ver a beleza, ele a reconhecia, ele sabia distinguir uma natureza nobre. Meu Deus, Norreys, a inveja material (a inveja do sucesso, de posses, de riquezas) não é nada comparada à inveja espiritual! Isso sim corrói por dentro e aniquila. Ver o sublime e, a contragosto, amá-lo. Então odiá-lo e não descansar até destruí-lo. Até estraçalhá-lo e esmagá-lo... Sim, Iago sofreu, pobre diabo...

"E, se quer a minha opinião, Shakespeare sabia disso e sentiu pena do coitado. No fim, quero dizer. Imagino que tenha embebido a pena na tinta, ou sei lá o que utilizavam naquela época, e se empenhado em criar um canalha maldoso e consumado. Mas, ao fazê-lo, percorreu todos os meandros com Iago, acompanhou-o até as profundezas, sentiu o que ele sentiu. E é por isso que, quando Iago é chamado à justiça, Shakespeare faz questão de salvar o orgulho de seu personagem. Deixa Iago preservar a única coisa que lhe resta: a discrição. O próprio Shakespeare já estivera lá embaixo com os mortos. E sabe que quem já andou no inferno não gosta de falar no assunto..."

Gabriel se virou. No rosto dele – estranho, feio e contorcido – brilhava um olhar de insólita sinceridade.

– Sabe, Norreys, nunca acreditei em Deus. Deus, o Pai que criou animais e flores fascinantes, Deus que nos ama e nos cuida, Deus que criou o mundo. Não, nesse Deus eu não acredito. Mas às vezes... é mais forte do que eu... acredito em Cristo. Porque Cristo desceu ao inferno... O amor dele era profundo a ponto de fazer isso... Ele prometeu o paraíso ao ladrão arrependido. Mas e quanto ao outro? O outro que o amaldiçoou e o injuriou. Cristo desceu junto com ele até o inferno. Talvez depois disso...

De repente, Gabriel estremeceu. Sacudiu o corpo. Outra vez seus olhos tornaram-se apenas olhos magníficos num rosto feioso.

– Já falei demais – disse ele. – Adeus.

Partiu de chofre.

Fiquei me perguntando se ele estivera falando em Shakespeare ou nele mesmo. Pensei: "Ao menos um pouco ele falou de si mesmo...".

Capítulo 20

Gabriel estava confiante quanto ao resultado das eleições. Até mesmo disse que não via o que poderia dar errado.

O imprevisto nesse caso foi Poppy Narracott, a garçonete do Smuggler's Arms, em Greatwithiel. Moça que John Gabriel nunca tinha visto. Sequer sabia de sua existência. Contudo, Poppy Narracott desencadeou fatos que realmente ameaçaram as chances eleitorais de Gabriel.

Pois a relação entre James Burt e Poppy Narracott estava bem íntima. No entanto, quando James Burt bebia além da conta, ele se tornava brutal – sadicamente brutal. Poppy se rebelou. Recusou-se, categoricamente, a voltar a se envolver com ele e aferrou-se à decisão.

Foi motivo suficiente para James Burt chegar em casa uma noite caindo de bêbado e num humor sangrento. O pavor da esposa serviu apenas para enfurecê-lo ainda mais. Partiu para cima dela. Acabou descontando na infeliz toda a raiva e todo o desejo represado que sentia por Poppy. Comportou-se como um insano completo. E Milly Burt – difícil culpá-la por isso – perdeu completamente a cabeça.

Pensou que Jim Burt iria matá-la.

Desvencilhou os pulsos que ele segurava com força, correu porta afora e ganhou a rua. Não tinha ideia para onde ia nem a quem recorrer. Não se lembrou de procurar a delegacia de polícia. Não havia vizinhos próximos, apenas lojas fechadas àquela hora da noite.

Só o instinto guiava seus passos fugitivos. O instinto a levou ao homem que ela amava – o homem que fora amável com ela. Não havia pensamento consciente em sua cabeça, nem a percepção de que aquilo poderia resultar em escândalo: estava apavorada e foi correndo até John Gabriel. Um animal caçado, em desespero, à busca de refúgio.

Correu, desgrenhada e ofegante, King's Arms adentro, James Burt atrás dela, esbravejando ameaças de vingança.

Gabriel, por acaso, estava no saguão.

Pessoalmente, não vejo de que outra maneira Gabriel poderia ter agido. Gostava de Milly e sentia pena dela, e o marido estava bêbado e era perigoso. James Burt entrou aos berros. Ofendeu Gabriel e avisou que desistisse da mulher dele. Acusou-o com todas as letras de ter um caso com ela. Gabriel mandou-o ao inferno. Disse que Burt não merecia ter esposa e que ele, John Gabriel, a manteria longe dele.

James Burt avançou em Gabriel como um touro bravo. Gabriel nocauteou-o com um soco. Em seguida providenciou um quarto para a sra. Burt; aconselhou-a a passar a noite ali e a manter a porta chaveada. Não havia condições de voltar para casa naquele momento, advertiu. Pela manhã, tudo ficaria bem.

Na manhã seguinte, todo mundo em St. Loo já sabia das novas. Jim Burt tinha "descoberto" o caso da mulher com John Gabriel. E Gabriel e a sra. Burt estavam hospedados no King's Arms.

O leitor pode imaginar, talvez, o efeito que isso teve na antevéspera da votação. Faltavam dois dias para a eleição.

– Agora ele pôs tudo a perder – murmurou Carslake perturbado. Andava para lá e para cá na minha sala. – Estamos acabados, derrotados. Wilbraham vai ganhar com facilidade. É um desastre... Uma tragédia. Nunca gostei do sujeito. Sem berço. Eu sabia que no final ele acabaria nos decepcionando.

A sra. Carslake, com timbre requintado, lamentou:

– É o resultado de ter um candidato que não é um cavalheiro.

Meu irmão raramente tomava parte em nossas discussões políticas. Quando estava presente, o máximo que fazia era fumar o cachimbo em silêncio. Contudo, nessa ocasião ele tirou o cachimbo da boca e sentenciou:

– O problema é que ele *se comportou* como um cavalheiro.

Súbito me veio um pensamento irônico. Os lapsos mais gritantes de Gabriel quanto aos padrões de cavalheirismo tinham apenas melhorado sua posição. Porém, aquela demonstração isolada de bravura quixotesca havia sido decisiva para sua derrocada.

Naquele instante, Gabriel entrou no recinto. Obstinado e sem remorsos.

– Não faça tempestade em copo d'água, Carslake – comentou ele. – Só me diga o que diabos eu podia fazer além do que eu fiz.

Carslake perguntou onde a sra. Burt estava naquele momento.

Gabriel disse que ela continuava no King's Arms. Ele não via, explicou, outro lugar para o qual ela pudesse ir. E de qualquer modo, acrescentou ele, era tarde demais. Virou-se para Teresa, a quem parecia considerar a realista do grupo.

– Não é mesmo? – indagou.

Teresa respondeu que, com certeza, era tarde demais.

– Noites são noites – comentou Gabriel. – E o povo se interessa pelas noites, e não pelos dias.

– Ora, major Gabriel... – balbuciou Carslake bastante escandalizado.

– Que mente imunda a sua – disse Gabriel. – Não dormi com ela, se é isso o que você está insinuando. Só quis dizer que, para o povo inteiro de St. Loo, tanto faz. Nós dois estamos hospedados no King's Arms.

Explicou que só isso importava para as pessoas. Isso e o escândalo que Burt fizera, as coisas que dissera sobre a mulher dele e Gabriel.

– Se ao menos ela fosse embora – disse Carslake – para algum lugar e sumisse daqui. Talvez assim... – Demonstrou esperança por um instante, então meneou a cabeça. – Mas pareceria estranho – disse ele –, muito estranho...

– Há outra coisa a se levar em conta – lembrou Gabriel. – E quanto a ela?

Carslake fitou-o com ar de incompreensão.

– Como assim?

– Não pensou no lado dela, pensou?

Carslake disse com certa arrogância:

– Não podemos nos dar ao luxo de pensar nesses detalhes agora. Precisamos tentar achar uma saída para tirar você dessa confusão.

– É a isso que me refiro – disse Gabriel. – A sra. Burt não conta, não é? Quem é a sra. Burt? Ninguém em especial. Só uma moça decente e infeliz, tiranizada, maltratada e amedrontada até quase a beira da loucura, que não tem dinheiro para se sustentar nem um lugar para onde ir.

Levantou a voz.

– Sabe de uma coisa, Carslake? Não gosto de sua postura. E vou lhe contar quem é a sra. Burt. É um ser humano. Para a sua maldita organização, nada importa além da eleição. É isso o que a política tem de mais podre. É aquilo que o primeiro-ministro Baldwin disse nos anos sombrios: "Se eu falasse a verdade, perderia a eleição". Bem, eu não sou o sr. Baldwin... Não sou ninguém em especial. Mas o que está me dizendo é: "Você se comportou como um ser humano normal e por isso vai perder a eleição!". Se é assim, a eleição que se dane!

Pode ficar com sua eleição amaldiçoada, caquética e fedorenta. Antes de político, sou humano. Nunca disse uma palavra inapropriada à pobrezinha. Nunca a beijei. Senti muita pena dela, nada mais. Ela me procurou ontem à noite porque não tinha mais ninguém a quem recorrer. Tudo bem, ela pode ficar comigo. Vou cuidar dela. E que se explodam St. Loo, Westminster e toda essa politicagem maldita.

– Major Gabriel – exclamou a sra. Carslake numa voz esganiçada e aflita –, não pode fazer uma coisa dessas! E se Burt se divorciar dela?

– Se ele se divorciar, eu me caso com ela.

Carslake disse com raiva:

– Não pode nos decepcionar assim, Gabriel. Não pode deixar essa história se transformar num escândalo.

– Não posso, Carslake? Espere para ver.

Nunca vi tanta raiva quanto no olhar de Gabriel. Foi a ocasião em que mais gostei dele.

– Não vai me intimidar. Então um homem pode bater na mulher? Apavorá-la até ela perder o controle? Levantar acusações infundadas contra ela? Se um bando de eleitores esnobes votar com base nesses princípios, deixe que votem! E se quiserem votar no puro decoro cristão, votem em mim.

– Mas não vão votar – suspirou Teresa.

Gabriel olhou-a, e a expressão no rosto dele se suavizou.

– Não – ele disse. – Não vão.

Robert tirou o cachimbo da boca outra vez.

– Pior para eles – falou de modo inesperado.

– É claro, sr. Norreys, sabemos que o senhor é comunista – observou a sra. Carslake com acidez.

Não tenho ideia do que ela quis dizer.

Então, no meio desse amargor espumante, surgiu Isabella Charteris. Ela veio do jardim e entrou pelas portas de vidro. Fria, séria e serena.

Não prestou atenção ao que acontecia. Tinha algo a dizer e disse. Veio direto a Gabriel como se ele estivesse sozinho na sala e falou com ele numa voz sigilosa.

– Tudo vai ficar bem.

Gabriel a fitou. Todos nós a fitamos.

– Quanto à sra. Burt, eu quero dizer – explicou Isabella.

Não exibia constrangimento. Em vez disso, trazia o ar satisfeito de uma pessoa de intelecto simples que pensa ter feito a coisa certa.

– Ela está no castelo – revelou.

– No *castelo*? – repetiu Carslake cético.

Isabella virou-se para ele e falou:

– Sim. Logo que ficamos sabendo do acontecido, pensei que essa era a melhor coisa a fazer. Conversei com a tia Adelaide e ela concordou. Na mesma hora entramos no carro rumo ao King's Arms.

Tinha sido, descobri mais tarde, sem dúvida um Avanço Imperial. O cérebro rápido de Isabella vislumbrara o único contragolpe possível.

A velha Lady St. Loo, como já frisei, exercia tremenda influência em St. Loo. Dela emanava, por assim dizer, a hora exata de Greenwich em termos morais. Os habitantes do local podiam escarnecer dela, chamá-la de ultrapassada e reacionária, mas no fundo a respeitavam. Se ela aprovava alguma atitude, era difícil alguém desaprovar.

Ela em pessoa conduziu o já meio enferrujado Daimler, levando Isabella consigo. O vulto indomitável de Lady St. Loo marchou na direção do King's Arms. Na recepção, pediu para falar com a sra. Burt.

Pouco depois, Milly, toda encolhida, com os olhos vermelhos e lacrimosos, desceu a escada e foi recebida por uma espécie de comitiva imperial. Lady St. Loo não mediu as palavras nem baixou a voz.

– Minha querida – ribombou ela –, fiquei sabendo de tudo o que você passou. Não tenho palavras para expressar o quanto fiquei triste. O major Gabriel devia ter levado você até nós ontem à noite, mas ele é tão atencioso que não quis nos incomodar tão tarde, imagino.

– Eu... eu... É muita bondade sua.

– Pegue suas coisas, meu bem. Vou levá-la comigo agora.

Milly Burt enrubesceu e murmurou que não tinha... na verdade... bagagem alguma...

– Que besteira a minha – disse Lady St. Loo. – Vamos parar na sua casa e pegar suas coisas.

– Mas... – Milly se encolheu toda...

– Entre no carro. Vamos parar em sua casa e pegar suas coisas.

Milly inclinou a cabeça perante a autoridade superior. As três mulheres entraram no Daimler. O veículo dobrou a esquina da Fore Street e, poucos metros depois, estacionou.

Lady St. Loo saiu com Milly e acompanhou-a casa adentro. Da enfermaria surgiu James Burt – os olhos injetados e esbugalhados – pronto para irromper numa virulenta ladainha de recriminações.

Ao se deparar com o olhar de Lady St. Loo, ele se conteve.

– Faça a mala, meu bem – recomendou Lady St. Loo.

Rapidamente, Milly escapuliu escada acima. Lady St. Loo dirigiu-se a James Burt.

– O senhor se comportou de modo infame com sua esposa – vaticinou ela. – Infame e vergonhoso. O seu problema, Burt, é beber demais. De qualquer maneira, o senhor não é um homem bom. Vou aconselhar sua mulher a cortar relações com o senhor. O que andou falando dela não passa de mentira. E sabe muito bem que é mentira. Não é mesmo?

O olhar feroz da matriarca hipnotizou o homem trêmulo.

– Ora... imagino... se é como a senhora diz...

– Sabe que é mentira.

– Tudo bem, tudo bem... Eu perdi o controle ontem à noite.

– Certifique-se de que as pessoas saibam que *é* mentira. Caso contrário, vou recomendar ao major Gabriel que o processe por calúnia e difamação. Ah, aí vem a sra. Burt.

Milly Burt descia as escadas com uma pequena mala.

Lady St. Loo pegou-a pelo braço e virou-se para a porta.

– Posso saber aonde Milly vai? – interpelou o marido.

– Vai para o castelo – respondeu Lady St. Loo. E acrescentou de modo combativo: – Alguma objeção?

Burt meneou a cabeça vagamente. Lady St. Loo avisou categórica:

– Só mais um conselho, James Burt. Tome providências antes que seja tarde. Pare de beber. Concentre-se na profissão. O senhor tem conhecimento e destreza. Nesse ritmo irá à bancarrota. Reaja, homem. Se tentar, talvez consiga. E dobre a língua.

Então, ela e Milly entraram no carro. Milly sentou-se ao lado de Lady St. Loo. Isabella estava no banco de trás. O carro percorreu toda a rua principal, costeou a enseada, passou pelo mercado e subiu em direção ao castelo. Foi um Avanço Imperial e quase todo mundo em St. Loo testemunhou.

À noitinha comentava-se:

– Tudo *deve* estar certo, caso contrário Lady St. Loo não a levaria ao castelo.

Outras pessoas diziam que onde há fumaça, há fogo. Por que cargas d'água Milly Burt fugiria de casa em plena noite e justo para o hotel onde major Gabriel estava hospedado? É claro, Lady St. Loo dera cobertura por motivos políticos.

Mas essas últimas eram minoria. O caráter conta muito. Lady St. Loo tinha caráter. E uma reputação de integridade absoluta. Se Milly Burt foi acolhida no castelo, se Lady St. Loo tomou suas dores, então Milly Burt não fizera nada de errado. Senão, Lady St. Loo não a defenderia. Não a velha Lady St. Loo. Ora, ela era tão escrupulosa!

O resumo desses acontecimentos nos foi apresentado por Isabella. Ela desceu do castelo assim que Milly se instalou.

À medida que Carslake captava o significado do que ela dizia, o rosto tristonho deu lugar a uma expressão radiante. Deu um tapa na coxa.

– Meu Deus! – exclamou. – Essa vai ser a salvação da lavoura. A velha dama é inteligente. Sim, ela é inteligente. Ideia engenhosa.

Mas a responsável pela engenhosidade e pela ideia era Isabella. Fiquei abismado com a rapidez com que ela captara a situação e agira de acordo.

– Vou pôr mãos à obra agora mesmo – falou Carslake. – Temos que aproveitar a oportunidade. Delinear bem a nossa versão dos fatos. Venha, Janet. Major Gabriel...

– Daqui um minuto eu vou – disse Gabriel.

Os Carslake saíram. Gabriel aproximou-se de Isabella.

– Você fez isso – ele falou. – Por quê?

Ela o encarou – perplexa.

– Ora... por causa da eleição.

– Quer dizer que você... realmente se importa que os conservadores ganhem?

Ela o olhou surpresa.

– Não. *Você*.
– Eu?
– Sim. Você quer muito vencer esta eleição, não quer?

Com uma expressão estranha e desnorteada, Gabriel desviou o rosto. Murmurou – mais de si para si do que para ela ou qualquer um de nós:

– Quero? Tenho lá minhas dúvidas...

Capítulo 21

Como já mencionei, este não é o relato minucioso de uma campanha política. Eu estava fora da correnteza, num remanso onde só chegavam pequenas marolas dos acontecimentos. Eu tinha a consciência de uma crescente sensação de urgência que parecia acometer a todos, menos a mim.

Entramos nos dois frenéticos e derradeiros dias da campanha eleitoral. Nesse período, Gabriel apareceu duas vezes para tomar um drinque e relaxar, com o aspecto esfalfado e a voz rouca de tanto discursar em comícios em praça pública. Embora fatigado, a sua vitalidade não enfraquecera. Falava pouco, talvez para economizar voz e energia.

Terminou o drinque de um só gole e murmurou:
– Que inferno de vida! Cada coisa besta que sou obrigado a falar ao povo. Bem feito. Cada povo tem o governo que merece.

Teresa ficou na maior parte desse tempo atrás do volante. Na manhã da votação, uivou um vento forte do Atlântico, e a chuva castigou a casa.

Isabella apareceu cedo, logo depois do café da manhã. Vestia uma capa de chuva preta. Cabelo molhado, olhar brilhante. Presa na capa de chuva, uma enorme roseta azul.

– Vou passar o dia levando o pessoal de carro à votação – contou. – E Rupert também vai. Sugeri que a sra. Burt viesse falar com você. Você se importa? Vai ficar sozinho, não vai?

Eu não me importava, e a perspectiva de um dia sossegado com meus livros já me alegrava. Ultimamente eu tinha companhia até demais.

O fato de Isabella demonstrar-se preocupada com a minha condição solitária parecia estranhamente destoante. Era como se ela de repente mostrasse sinais de assumir a atitude de sua tia Agnes em relação a mim.

– Parece que o amor amoleceu seu coração, Isabella – comentei em tom de censura. – Ou isso é coisa de Lady Tressilian?

Isabella sorriu.

– A tia Agnes queria vir e lhe fazer companhia – explicou. – Ela achava que você se sentiria solitário e (foi o que ela disse) fora do jogo.

Ela me fitou com olhos indagadores. Era uma ideia, eu percebi, que não teria passado pela cabeça dela.

– Não concorda? – indaguei.

Isabella respondeu com a franqueza de sempre:

– Bem, você está fora do jogo.

– Verdade admirável.

– Sinto muito se isso o magoa. Mas acho que não melhoraria a situação se a tia Agnes viesse aqui e o enchesse de mimos. Só significaria que ela também estaria fora do jogo.

– E ela adora participar do jogo.

– Sugeri que a sra. Burt viesse, pois afinal é melhor que ela saia do caminho. E achei que talvez você pudesse falar com ela.

– Falar com ela?

– Sim. – Um leve franzir apareceu na testa alva de Isabella. – Sabe, o meu forte não é... falar com as pessoas. Nem deixar que falem comigo. Ela fala pelos cotovelos.

– A sra. Burt fala pelos cotovelos?

– Sim, e coisas tão sem sentido. Mas não consigo colocar os pingos nos is. Achei que talvez você pudesse fazê-lo.

– Sobre que assuntos ela fala?

Isabella sentou-se no braço da poltrona. Falou devagar, a testa meio franzida, a perfeita imitação de uma aventureira descrevendo os rituais mais desconcertantes de alguma tribo selvagem.

– Sobre o que aconteceu. Sobre a fuga até o major Gabriel. Sobre como se sente culpada. Que se ele perder a eleição a culpa vai ser dela. Que se ao menos ela tivesse sido mais cuidadosa. Que ela deveria ter imaginado as consequências. Que, se tivesse sido mais atenciosa com James Burt e o entendido melhor, talvez ele nunca tivesse se tornado um bêbado. Que se sente horrivelmente culpada e acorda no meio da noite angustiada se lamentando por não ter agido diferente. Que se tiver prejudicado a carreira de major Gabriel ela nunca vai se perdoar enquanto viver. Que a culpa é única e exclusivamente dela. Que a responsabilidade de tudo é dela, sempre.

Isabella parou. Olhou para mim. Ela me apresentava, por assim dizer, numa bandeja algo que lhe era incompreensível.

Chegou-me um tênue eco do passado. Jennifer, franzindo as adoráveis sobrancelhas e corajosamente assumindo a culpa por aquilo que os outros tinham feito.

Antigamente eu achava essa característica uma das mais adoráveis de Jennifer. Agora, quando Milly Burt se permitia atitude igual, eu notava como esse ponto de vista podia ser irritante. Ali estava a diferença, refleti com cinismo, entre considerar uma mulher agradável e estar apaixonado por ela!

– Bem – argumentei pensativo –, seria de esperar que ela se sentisse assim. Não acha?

Isabella respondeu com um de seus monossílabos categóricos:

– Não.

– Mas por que não? Me explique.

– Sabe que não consigo me expressar – censurou Isabella. Fez uma pausa, franziu a testa e recomeçou em tom incerto: – As coisas acontecem ou não acontecem. Até entendo que a pessoa se preocupe de antemão...

Até isso, eu pude notar, não era uma posição realmente aceitável aos olhos de Isabella.

– Mas continuar se preocupando... Ah, é como sair para passear no campo e pisar num estrume de vaca. Quero dizer, não adiantaria nada ficar o resto do passeio falando nisso, desejando não ter pisado no estrume e ter escolhido outro caminho, lamentando não ter olhado onde pisa e se martirizando por sempre fazer tolices assim. Afinal de contas, o estrume está ali, na sola do sapato. Não há como se livrar dele. Mas não é preciso levá-lo *dentro da cabeça*! Há tanta coisa para ver. Os campos, o céu, as sebes, a pessoa ao nosso lado: tudo isso está ali também. A única hora em que temos de pensar de novo no estrume é quando chegarmos em casa e formos limpar o sapato. Daí teremos de pensar no assunto...

A extravagância na arte de se culpar interessava o meu raciocínio. Notei que nessa arte Milly Burt se deixava levar. Mas, na verdade, eu não sabia por que certas pessoas eram mais propensas àquilo. Uma vez, Teresa deu a entender que gente como eu, que insiste em animar as outras pessoas e acertar as coisas, não é assim tão útil quanto pensa. Contudo, isso ainda não explica por que os humanos exageram sua responsabilidade pelos fatos.

Isabella disse esperançosa:

– Achei que você poderia falar com ela.

– Supondo que ela goste, digamos, de se responsabilizar – ponderei. – Por que não deveria?

– Porque acho que isso faz um mal terrível para *ele*. O major Gabriel. Deve ser um tédio repetir toda hora para alguém que está tudo bem.

Deveria, sem sombra de dúvida, ser um tédio... Tinha sido um tédio, eu me lembrei... Jennifer sempre fora entediante demais. No entanto, Jennifer também tinha uma encantadora cabeleira preto-azulada, imensos olhos tristes e cinzentos e um narizinho ridículo, mas tão adorável...

Talvez John Gabriel gostasse dos cabelos castanhos e dos meigos olhos cor de mel de Milly e nem ligasse em repetir que estava tudo bem.

– A sra. Burt tem algum plano? – perguntei.

– Ah, sim. A avó dela conseguiu um trabalho para ela em Sussex, como dama de companhia para uma conhecida. Salário bom e pouco serviço. E transporte ferroviário fácil para Londres, de modo que ela pode ir à capital e se encontrar com os amigos.

A que amigos, eu me perguntei, Isabella se referia? Major Gabriel? Milly estava apaixonada por Gabriel. Perguntei-me se Gabriel não estava apaixonado por ela. Eu acreditava que sim.

– Ela poderia se divorciar do sr. Burt, eu acho. Só que um divórcio sai caro – disse Isabella ao se levantar. – Preciso ir andando agora. Vai falar com ela, não vai? – perguntou no vão da porta. E acrescentou docemente: – Rupert e eu vamos nos casar daqui a uma semana. Acha que consegue ir até a igreja? Um escoteiro pode empurrar sua cadeira se o dia estiver bom.

– Gostaria que eu fosse?

– Sim, eu gostaria muito.

– Então eu vou.

– Obrigada. Vamos ter uma semana juntos e depois ele volta para a Birmânia. Mas acho que a guerra não vai durar muito, não acha?

– Está feliz, Isabella? – perguntei em tom afável.

Fez que sim com a cabeça.

– É assustador quando algo em que pensamos por muito tempo se torna realidade... Na minha cabeça, Rupert era só uma tênue lembrança...

Ela me fitou.

– Mesmo sendo real, não *parece* real... Ainda tenho a sensação de que a qualquer momento vou abrir os olhos. É como um sonho...

E acrescentou com a voz muito meiga:

– Ter tudo... Rupert, St. Loo... Todos os sonhos virando realidade...

Então, com um sobressalto, exclamou:

– Eu não devia ter demorado tanto! Me deram um intervalo de vinte minutos para o chá.

Deduzi que eu havia sido o chá de Isabella.

Milly Burt veio me visitar à tarde. Depois de se desvencilhar da capa de chuva, do gorro de duende e das galochas, ela passou a mão no cabelo castanho até ajeitá-lo, empoou o nariz meio constrangida e veio sentar-se ao meu lado. Realmente ela estava, pensei comigo, muito bonita e também muito agradável. Era impossível deixar de gostar de Milly Burt, até mesmo não querendo, e eu, a propósito, não queria.

– Espero que não esteja se sentindo muito abandonado – indagou ela. – Já almoçou? Não lhe falta nada?

Garanti que tudo havia sido providenciado para o meu bem-estar.

– Mais tarde – eu disse – vamos tomar um chá.

– Seria ótimo. – Ela se remexeu inquieta. – Ah, capitão Norreys, acha que ele vai se eleger?

– É muito cedo para dizer.

– Ah, mas quero saber qual é a sua opinião.

– Com certeza, tem boas chances – falei consolador.

– Não haveria dúvida se não fosse por mim! Como pude ser tão boba... tão *má*. Ah, capitão Norreys, não penso em outra coisa. Sinto uma culpa *mortal*.

Aqui vamos nós, eu pensei.

– É melhor parar de pensar no assunto – aconselhei.

– Mas como? – arregalou os imensos e patéticos olhos castanhos.

– É só exercitar o autocontrole e a força de vontade – ponderei.

Milly olhou-me com ar muito cético e um pouco reprovador.

– Acho que não *posso* menosprezar a importância do fato. Não quando a culpa foi toda minha.

– Minha querida, ruminar o assunto não vai ajudar Gabriel a entrar no parlamento.

– Não, é claro que não... Mas nunca vou me perdoar se eu tiver prejudicado a carreira dele.

A conversa seguiu nessa linha. Eu já tivera uma boa experiência disso com Jennifer. A diferença era que agora eu argumentava a sangue frio, não influenciado pela equação pessoal da suscetibilidade romântica. Grande diferença. Eu gostava de Milly Burt – mas ela me deixava nervoso.

– Pelo amor de Deus – exclamei –, não faça tempestade num copo d'água! Ao menos pelo bem de Gabriel.

– Mas é justamente pelo bem *dele* que eu me importo.

– Não acha que o coitado já tem muitas preocupações nas costas e não precisa de uma carga extra de lágrimas e de remorso?

– Mas se ele perder a eleição...

– E qual será o problema se ele perder a eleição e você tiver contribuído para o resultado? Em primeiro lugar, isso ainda não aconteceu e nem há como saber uma coisa dessas. E, caso aconteça, a derrota nas urnas não será decepção suficiente para ele? O remorso de uma mulher arrependida não vai apenas piorar a situação?

Perplexa e obstinada, ela respondeu:

– Mas quero compensar o mal que causei.

– É provável que não consiga. Só se você convencer Gabriel que perder a eleição abre oportunidades maravilhosas na vida dele. Afinal, isso o deixa livre para realizar investidas sob prismas mais interessantes.

Assustada, Milly Burt ponderou:

– Ah... Acho que eu não seria capaz *disso*.

Eu também achava, diga-se de passagem. Já uma mulher desenvolta e inescrupulosa seria capaz. Teresa, se por acaso estivesse interessada em Gabriel, seria mais do que capaz.

A abordagem de Teresa em relação à vida envolvia, penso eu, investidas ininterruptas.

A de Milly Burt envolvia, sem sombra de dúvida, derrotas ininterruptas. Derrotas pitorescas e ininterruptas. Mas talvez John Gabriel gostasse de juntar os cacos de alguém e montá-los de novo. Houve uma época de minha vida em que eu mesmo gostei de fazer isso.

– Gosta muito dele, não? – indaguei.

Lágrimas afloraram nos olhos castanhos.

– Eu gosto, gosto mesmo... Ele... Nunca conheci ninguém parecido...

Eu também não conhecera ninguém parecido com John Gabriel. Mas isso não me afetava do modo como afetava Milly Burt.

– Eu faria qualquer coisa por ele, capitão Norreys... faria mesmo.

– Se gosta muito dele, já é suficiente. Deixe assim.

Quem foi que disse "Ame e não interfira"? Algum psicólogo escrevendo conselhos para as mães? Porém, havia muita sabedoria naquele ditado quando aplicado a outras pessoas além dos filhos. Mas será que conseguimos deixar de interferir? Nossos inimigos, talvez, com certo esforço. E quanto às pessoas que amamos?

Desisti do que costumam rotular de "raciocínio inútil", toquei a sineta e mandei vir o chá.

Durante o chá, falei deliberadamente sobre filmes que eu me lembrava de ter visto no ano anterior. Milly gostava de ir ao cinema. Ela me atualizou quanto às mais recentes obras-primas. Foi tudo muito agradável e apreciei cada instante. Fiquei triste quando Milly foi embora.

A ampla frente de combate retornou em horas variadas. Os militantes não escondiam a fadiga, e o ânimo oscilava entre otimismo e desespero. Só Robert voltou animado e alegre. Achara um pé de faia caído numa mina desativada, bem como queria. Também degustara um almoço saboroso num pequeno pub. A comida e os temas para pinturas são os tópicos preferidos de Robert. Tópicos nada desprezíveis, aliás.

Capítulo 22

No dia seguinte, no início da noite, Teresa entrou de supetão na sala. Ajeitou atrás das orelhas o cabelo que lhe caía no rosto exausto e anunciou:

– Bem, ele se elegeu!

– Quantos votos de diferença?

– Duzentos e catorze.

Assobiei.

– Por um triz, então.

– Sim. Carslake acha que, se não fosse o problema com Milly Burt, a vantagem teria sido de no mínimo mil votos.

– Carslake é metido a sabichão.

– É uma tremenda guinada à esquerda. Os trabalhistas arrebataram o país. A nossa foi uma das poucas vitórias conservadoras.

– Gabriel tinha razão – comentei. – Previu isso, não lembra?

– Lembro. A capacidade de visão dele chega a ser sinistra.

– Bem – eu disse –, a pequena sra. Burt vai dormir contente hoje. No fim das contas, não pôs tudo a perder. Vai ser um alívio para ela.

– Será que vai?

– Que língua venenosa, Teresa – eu disse. – A pobrezinha gosta de Gabriel.

– Sei que gosta – concordou ela. E acrescentou pensativa: – Os dois até que combinam. Acho que ele seria muito feliz com ela... Ou melhor, isso se ele quiser ser feliz. Algumas pessoas não querem.

– Nunca notei em John Gabriel a tendência de apreciar o lado místico e contemplativo da vida – comentei.

– Eu diria que ele só pensa em se sair bem na vida e em agarrar todas as oportunidades que surgirem. Em todo caso, vai se casar com o dinheiro. Ele me contou. Imagino que seja mesmo verdade... Obviamente é fadado ao sucesso, às formas mais toscas de sucesso. Milly, por sua vez, encarna o papel de vítima. Não vá me dizer agora que ela gosta desse papel, Teresa.

– É claro que não. Mas só com personalidade forte, Hugh, para reconhecer: "Fui um completo imbecil", cair na risada e virar a página. Os fracos têm que se justificar. Ver os erros cometidos não só como fracassos a serem aceitos, mas como deslizes inexoráveis, pecados trágicos.

Acrescentou de chofre:

– Não acredito no mal. Todos os problemas do mundo são causados pelos fracos. Em geral, na melhor das intenções e dando um jeito de aparecer sob uma luz maravilhosamente romântica. Tenho medo deles. São perigosos. São naus à deriva na escuridão levando ao naufrágio barcos intactos e em boas condições de navegar.

Só fui ver Gabriel no dia seguinte. Murcho e quase sem vitalidade. Mal o reconheci.

– Ressaca eleitoral? – sugeri.

– Definiu bem – grunhiu ele. – Que coisa mais nauseante é o sucesso. Onde está o melhor xerez?

Mostrei a ele, que se serviu.

– Não creio que Wilbraham esteja exultante pelo fracasso – observei.

Gabriel abriu um sorriso pálido.

– Não, coitado. Além disso, ele leva a si e a política muito a sério, é a impressão que eu tenho. Não a sério demais, mas o bastante. Pena que seja tão maria vai com as outras.

– Imagino que tenham trocado todas as palavras adequadas sobre uma disputa justa, espírito esportivo e tudo o mais.

Gabriel sorriu de novo.

– Como manda o figurino. Carslake ajeitou o encontro. Que energúmeno! Sabe a cartilha na ponta da língua, de cor e salteado, mas nem sinal de inteligência.

Ergui o cálice de xerez e fiz um brinde:

– Ao sucesso da promissora carreira. É o pontapé inicial.

– Sim – respondeu Gabriel sem entusiasmo. – É.

– Não parece muito empolgado.

– Ah, é isso que você chamou de ressaca eleitoral. A vida é sempre enfadonha quando derrotamos o adversário. Mas tenho muitas batalhas pela frente. Espere para ver. Eu não vou sair da mídia.

– Os trabalhistas alcançaram uma esmagadora maioria.

– Excelente.

– Puxa, Gabriel. Isso soa estranho nos lábios do novo deputado tóri.

– Deputado tóri uma ova! Agora é a minha chance. Quem é capaz de reerguer o Partido Tóri? O grandioso Winston é um bom disputador de guerras, especialmente contra adversários difíceis, porém velho demais para costurar a paz. A paz é complicada. Eden é um vaselina simpático...

Seguiu citando nomes conhecidos do Partido Conservador.

– Ideia construtiva, que é bom, nada. Vão choramingar contra a nacionalização e cair com vontade em cima dos erros dos socialistas. (E, meu amigo, eles vão errar, e como vão! Bando de idiotas. Sindicalistas teimosos e teóricos irresponsáveis de Oxford.) Nosso partido vai executar todos os truques parlamentares, como velhos cães patéticos numa exposição. Fazer au-au, sentar, dar a patinha e até dançar valsa.

– E onde entra John Gabriel nesse cativante retrato da oposição?

— Para fazer o Dia D é preciso planejar até o mais ínfimo detalhe e só depois colocar em prática. Vou juntar pessoas com ideias inovadoras que em geral se posicionam "contra o governo". Vou vender uma ideia e dar o máximo *em prol* dessa ideia.

— Qual ideia?

Gabriel relanceou-me um olhar de exasperação.

— Sempre entende tudo errado. Não importa um níquel furado *qual* será a ideia! Posso inventar meia dúzia de ideias a qualquer hora. Só duas coisas comovem as pessoas em termos políticos. Uma é forrar os bolsos delas. A outra é a ideia que soa como a cura para todos os males, algo facílimo de entender, nobre mas vago. Algo que nos dê uma bela aura interna. Homens e mulheres gostam de se sentir nobres e ser bem-pagos. A ideia não precisa ser realista demais. Só algo humano, que não envolva alguém que vá conhecer pessoalmente. Já notou como chovem doações para as vítimas do terremoto na Turquia ou na Armênia ou em outro lugar longínquo? Mas ninguém quer acolher uma criança refugiada em casa, quer? É a natureza humana.

— Vou acompanhar a sua carreira com grande interesse – garanti.

— Daqui a vinte anos vai me encontrar criando barriga, vivendo na maciota e muito provavelmente sendo considerado um benfeitor público – disse Gabriel.

— E então?

— O que quer dizer com "e então"?

— Eu me pergunto se você não estaria entediado.

— Ah, sempre vou estar envolvido numa fraude ou outra... Nem que seja por diversão.

Sempre me fascinava a absoluta certeza com que Gabriel delineava a sua vida. Eu aprendera a confiar em seus prognósticos. Ele tinha o dom, pensei, de acertar em cheio. Previra que o país ia votar em peso nos trabalhistas.

Apostara na própria vitória. A vida dele seguiria o caminho previsto, sem se desviar um milímetro do percurso.

Fiz um comentário trivial:

– Tudo pelo melhor no melhor dos mundos possíveis.

Reagiu com rapidez. Franziu o cenho e disse irritado:

– Gosta de pôr o dedo na ferida, Norreys.

– Por quê? O que foi dessa vez?

– Nada, deixa para lá. – Calou-se um instante e depois emendou: – Já cravou um espinho no dedo? Sabe o quanto a dor pode ser exasperadora sem ser intensa? Sempre a latejar, alfinetar, estorvar?

– Quem é o espinho? – indaguei. – Milly Burt?

Fitou-me aturdido. Percebi que não era Milly Burt.

– Com ela, tudo bem – afirmou. – Nem perdas nem danos, para a nossa sorte. Gosto dela. Tomara que vá me visitar em Londres. Lá em Londres vamos estar livres dessa nauseante fofocagem local.

Então, com um rubor subindo às faces, ele tirou um pacote do bolso.

– Pode dar uma olhada nisto? Acha adequado? Presente de casamento para Isabella Charteris. Preciso dar um presente a ela. Quando é a cerimônia? Na próxima quinta? Acha que é um presente bobo?

Desembrulhei o pacote com grande curiosidade. E não consegui esconder a surpresa. Para mim, aquilo seria a última coisa que John Gabriel escolheria como presente de casamento.

Um livro de horas, com iluminuras belas e delicadas. Uma relíquia que deveria estar num museu.

– Não sei bem o que é – explicou Gabriel. – Coisa de gente católica. De séculos atrás. Mas senti, não sei... que combina com ela. Se você achar que é bobagem...

Apressei-me em tranquilizá-lo.

– É maravilhoso – eu disse. – Qualquer pessoa se alegraria em ter um objeto desses. É um item de museu.

– Não deve ser o tipo de coisa que desperte um interesse especial nela. Mas combina com ela, se é que me entende... – Assenti com a cabeça. Eu entendia. – E, afinal de contas, não posso deixar passar em brancas nuvens. Não que eu goste da moça. Ela não me serve para nada. Narizinho empinado e esnobe. Deu um jeito de fisgar o lordezinho dela. Que seja feliz com aquele intrometido.

– Ele é bem mais do que isso.

– Sim, na realidade é. E, além disso, eu tenho que cultivar um bom relacionamento com eles. Na condição de parlamentar local, vou ter que jantar no castelo, marcar presença na festa anual no jardim do castelo e tudo mais. Imagino que agora a velha Lady St. Loo tenha que se mudar para Dower House. Aquela casinha mofada e em ruínas perto da igreja. Quem for morar ali já pode providenciar o atestado de óbito por reumatismo.

Pegou de volta o missal decorado e embrulhou-o de novo.

– Acha mesmo adequado? Vai agradar?

– Um presente fabuloso e original – garanti.

Teresa entrou. Gabriel alegou estar de saída.

– Que bicho mordeu ele? – ela indagou depois de ele sair.

– Reação, imagino.

Teresa vaticinou:

– É mais do que isso.

– Ainda acho – opinei – uma pena ele ter vencido a eleição. O fracasso talvez tivesse o deixado mais sóbrio. Pelo andar da carruagem, daqui a uns dois anos vai estar ainda mais descarado. No fundo, não é flor que se cheire. Mas imagino que vá chegar ao topo.

Suponho que a palavra "topo" tenha motivado Robert a falar. Ele havia entrado com Teresa, a seu modo discreto. Como sempre, sua intervenção nos deixou atônitos:

– Não vai, não.

Cravamos nele olhos indagadores.

– Não vai chegar ao topo – repetiu Robert. – Não tem a mínima chance de chegar, eu diria...

Vagueou desconsolado pela sala e perguntou por que sempre alguém escondia a sua espátula.

Capítulo 23

O casamento de Lorde St. Loo e Isabella Charteris estava marcado para quinta-feira. Muito cedo, por volta de uma hora da madrugada, imagino eu, escutei passos lá fora, perto das portas de vidro.

Eu não tinha conciliado o sono. Uma daquelas noites péssimas, em que a dor não me deixava dormir.

Pensei comigo que a imaginação nos prega peças estranhas. Eu podia jurar que eram os passos de Isabella no jardim.

Então escutei a voz dela.

– Posso entrar, Hugh?

As portas estavam entreabertas como sempre (exceto em dias de ventania). Isabella entrou, e eu acendi a lâmpada perto do sofá-cama. Eu continuava com a sensação de estar sonhando.

Isabella parecia mais alta que o normal. Usava um casaco comprido e escuro de tweed e um lenço escarlate no cabelo. Tinha o semblante sério, sereno e tristonho.

Eu não conseguia imaginar o que ela fazia ali àquela hora da noite – ou melhor, da madrugada. Mas eu tive uma vaga sensação de alarme.

A impressão de estar num sonho já se dissipara. Para ser sincero, eu sentia exatamente o oposto. Eu sentia como se tudo o que acontecera desde a chegada de Rupert St. Loo fosse o sonho, e aquele instante, o despertar.

Lembrei-me de Isabella dizendo:

– Ainda acho que vou acordar a qualquer momento.

E de repente me dei conta. Foi isso que aconteceu com ela. A moça em pé na minha frente não mais sonhava – ela já havia despertado.

E recordei de outra coisa – de Robert dizendo não haver fada má no batizado de Rupert St. Loo. Perguntei a ele o que quis dizer. A resposta: "Ora, sem fada má, onde está a história?". Era isso o que, talvez, tornava Rupert St. Loo meio irreal, apesar da boa aparência, da inteligência, da "justeza".

Tudo isso passou confusamente em minha cabeça no átimo antes de Isabella falar:

– Vim me despedir de você, Hugh.

Eu a fitei com uma expressão tonta.

– Despedir-se?

– Sim. Sabe, vou embora...

– Embora? Com Rupert, quer dizer?

– Não. Com John Gabriel...

Naquele instante, tive consciência da estranha dualidade da mente humana. Metade do meu cérebro ficou estupefata e incrédula. O que Isabella dizia parecia inacreditável – algo tão fantástico que simplesmente não podia acontecer.

Mas a outra metade não estava surpresa. Uma espécie de voz interna dizia com escárnio: "É claro, você sabia disso o tempo todo...". Lembrei de como, sem virar a cabeça, Isabella reconhecera os passos de Gabriel na frente da casa. Lembrei da expressão no rosto dela ao subir do jardim aquático na noite do torneio de uíste. Lembrei da rapidez com que ela agira em plena crise de Milly Burt. Lembrei da estranha urgência na voz dela ao dizer: "Rupert precisa chegar logo...". Ela sentia medo, medo do que aconteceria com ela.

Entendi, com bastante imperfeição, o desejo sombrio que a impelia aos braços de Gabriel. Por um motivo ou outro, o homem exerce uma estranha atração sobre as mulheres. Teresa me dissera isso há algum tempo...

Será que Isabella o amava? Eu duvidava. E não conseguia ver como ela podia ser feliz ao lado de alguém como Gabriel – um homem que a desejava, mas não a amava.

Da parte dele, foi insanidade pura. Seria o mesmo que abandonar a carreira política. Seria a ruína de todas as suas ambições. Eu não entendia por que ele dava esse passo maluco.

Será que ele a amava? Eu achava que não. Achava que, de certo modo, ele a odiava. Ela personificava tudo aquilo (o castelo, a velha Lady St. Loo) que o humilhara desde que chegara ali. Seria esse o motivo obscuro do ato de loucura? Estaria se vingando por aquela humilhação? Estaria disposto a arruinar a própria vida desde que arruinasse aquilo que o humilhara? Seria essa a vingança do "menininho plebeu"?

Eu amava Isabella. Eu já sabia disso então. Eu a amava tanto que me deixara contagiar pela felicidade dela – e ela *fora* feliz com Rupert no sonho transformado em realidade, no sonho de viver em St. Loo... Ela só teve medo de que não fosse real...

O que, então, era real? John Gabriel? Era uma loucura o que ela estava fazendo. Alguém precisava impedi-la – convencê-la, persuadi-la.

Palavras afloraram em meus lábios... Mas não foram ditas. Até hoje não sei explicar por quê...

O único motivo que consigo pensar é que Isabella... era Isabella.

Nada falei.

Ela se debruçou sobre mim e me deu um beijo. Não um beijo de criança. A boca de Isabella era de mulher. Senti os lábios dela tocando os meus com doçura e intensidade. Jamais vou me esquecer do frescor daquele beijo. Era como receber o beijo de uma flor.

Ela se despediu e saiu portas de vidro afora, saiu de minha vida, para onde John Gabriel a esperava.

E não tentei impedi-la...

Capítulo 24

John Gabriel e Isabella foram embora de St. Loo e assim termina a primeira parte de meu relato. Dou-me conta do quanto a história é deles e não minha. Afinal, depois que eles partiram, não me lembro de quase nada do que aconteceu. É tudo vago e confuso.

Nunca me interessei pela vida política de St. Loo. Para mim, aquilo era só o pano de fundo para a ação dos protagonistas. Mas as repercussões políticas devem ter sido – na verdade sei que foram – devastadoras.

Se John Gabriel tivesse um pingo de consciência política, não teria feito o que fez. Ele teria se intimidado com a perspectiva de decepcionar o partido. E realmente decepcionou. A revolta nas bases eleitorais foi avassaladora, capaz de gerar pressão para ele abdicar do mandato recém-conquistado para a Câmara dos Deputados. Mas não foi preciso. Ele abdicou do mandato sem ninguém pedir. O caso trouxe enorme descrédito ao Partido Conservador. Um homem de tradições e senso de honra mais apurado teria levado isso em conta. Penso que John Gabriel não dava a mínima para essas coisas. Seu objetivo era a carreira pessoal – e sua impensada conduta pôs a carreira a perder. Era assim que ele via as coisas agora. Acertara em cheio na profecia de que só uma mulher seria capaz de arruinar sua vida. Contudo, não foi capaz de prever quem seria essa mulher.

Não era propenso nem por temperamento nem por criação a entender o desgosto e o espanto de gente como Lady Tressilian e a sra. Bigham Charteris. Lady Tressilian havia sido criada para acreditar que concorrer ao parlamento era um ato de responsabilidade do cidadão para com o país. Era assim que o pai dela enxergava as coisas.

Gabriel nem sequer começaria a avaliar essa postura. Na opinião dele, o Partido Conservador dera um tiro no escuro ao escolhê-lo. Apostara – e perdera. No curso normal dos fatos, o partido sairia ganhando. Mas havia uma possibilidade remota de tudo dar errado. Foi o que aconteceu.

Por incrível que pareça, alguém compartilhava do ponto de vista de Gabriel. Justamente Lady St. Loo, a viúva com título honorífico.

Comentou o assunto uma única vez, na sala de visitas de Polnorth House, sozinha comigo e Teresa.

– Não há – reconheceu ela – como negar nossa parcela de culpa. Sabíamos quem ele era. Um forasteiro sem convicção, tradição ou integridade. Sabíamos perfeitamente que tínhamos indicado um aventureiro, nada mais. Suas qualidades agradavam às massas: um bom currículo na guerra e um jeito insidioso. Por isso o aceitamos. Ele podia nos usar desde que nós o usássemos. A nossa desculpa foi acompanhar a evolução dos tempos. Porém, se há algo real ou significativo na tradição conservadora, é também essencial corresponder às expectativas dessa tradição. Nossos representantes têm que ser, se não brilhantes, ao menos sinceros, comprometidos com o país e aptos a assumir responsabilidades. Representantes sem pejo de se autodeclararem da elite, pois aceitam não só os privilégios, mas também os deveres da elite.

Falava a voz de um regime moribundo. Eu não concordava, mas respeitava. Nascia um novo modo de vida, com ideias novas, e abolia-se o antigo. Mas Lady St. Loo, amostra do melhor do mundo antigo, permanecia firme como uma rocha. Tinha o seu lugar na sociedade e o manteria até morrer.

Não falou em Isabella. Nesse ponto, a ferida calava fundo no coração. Pois Isabella, na visão irredutível da velha dama, traíra a própria classe social. John Gabriel a rigorosa dama até desculpava. Ele pertencia a raças inferiores e sem lei.* Mas Isabella, no âmago da cidadela, a traíra.

Se Lady St. Loo nada falou sobre Isabella, Lady Tressilian encarregou-se de fazê-lo. Falou comigo, imagino, por falta de opção – e também porque achava que, por conta de minha invalidez, eu não importava. Adotava uma postura irremediavelmente maternal ante o meu desamparo. Sentia-se à vontade para falar comigo, quase como se eu realmente fosse filho dela.

Adelaide, ela explicou, andava intratável. Maude tinha ralhado com ela e saído para passear com os cachorros. Aquele coração imenso e sentimental de Lady Tressilian precisou desabafar.

Teria achado desleal comentar assuntos familiares com Teresa. Não achava desleal comentar comigo, talvez por saber que eu amava Isabella. Ela amava Isabella, amava com ternura, e não conseguia parar de pensar nela e de se sentir perplexa e desnorteada com o que ela fizera.

– Isso tudo não combina com ela... não combina nada com ela, Hugh. Acho que o sujeito a enfeitiçou. Sujeito para lá de perigoso, sempre achei... E ela parecia feliz, feliz de verdade... Ela e Rupert pareciam feitos um para o outro. Não consigo entender. Eram felizes mesmo. Não acha também?

Eu disse, com cuidado, que sim, eu achava que eram felizes. Quis acrescentar (mas acho que Lady Tressilian não entenderia) que às vezes só a felicidade não basta...

---

* *Lesser breeds without the law*: trecho do poema *Recessional* (1897), de Rudyard Kipling. (N.T.)

– Tenho a sensação de que aquele nojento a seduziu... Não sei como, ele a hipnotizou. Mas Addie diz que não. Diz que Isabella só faz algo se realmente quer. Eu não sei mesmo.

Lady St. Loo, pensei, tinha toda a razão.

Lady Tressilian indagou:

– Acha que se casaram? Onde será que eles estão?

Perguntei se Isabella não havia mandado notícias.

– Não. Nada além da carta que deixou para Addie. Disse já esperar que ela nunca a perdoasse e que provavelmente Addie tinha razão. E acrescentou: "Não adianta dizer o quanto sinto pela dor que vou causar. Se eu realmente sentisse culpa, eu não faria. Talvez Rupert entenda, talvez não. Sempre vou amar todos vocês, mesmo se nunca mais nos vermos".

Lady Tressilian fitou-me com os olhos molhados.

– Coitado do moço... O querido Rupert... gostávamos tanto dele.

– Deve estar inconsolável.

Eu não vira mais Rupert St. Loo desde a fuga de Isabella. Ele foi embora de St. Loo no dia seguinte. Não sei por onde andou nem o que fez. Uma semana depois, reintegrou-se ao regimento na Birmânia.

Lady Tressilian meneou a cabeça em tom lacrimoso.

– Era tão bom, tão atencioso com todo mundo. Mas nem quis tocar no assunto. Ninguém quer tocar no assunto – suspirou. – Porém, é mais forte do que eu. Fico pensando onde é que estão, o que será que andam fazendo. Vão se casar? Onde vão morar?

A cabeça de Lady Tressilian era feminina por excelência. Direta, prática, ocupada com os fatos da vida rotineira. Percebi que ela já construía, de modo nebuloso, um retrato da vida doméstica de Isabella – casamento, lar, filhos. Concedera facilmente o perdão. Amava Isabella.

O que Isabella fizera era escandaloso. Infame. Decepcionante para a família. Mas também romântico. E o romantismo era parte essencial de Lady Tressilian.

Como já disse, minhas lembranças dos dois anos seguintes em St. Loo são vagas. Houve uma eleição extraordinária, e o sr. Wilbraham foi reeleito com folga. Nem lembro o nome do candidato conservador – um cavalheiro da região, de vida ilibada e sem carisma com as massas, imagino. A política, sem John Gabriel, deixou de me interessar. Passei a me ocupar sobretudo de minha saúde. Internei-me num hospital e fui submetido a uma sequência de cirurgias que não me deixou pior nem muito melhor. Teresa e Robert continuaram em Polnorth House. As três velhas damas saíram do castelo e foram morar numa casinha vitoriana com um bonito jardim. O castelo foi alugado por um ano para inquilinos do Norte da Inglaterra. Dezoito meses depois, Rupert St. Loo voltou à Inglaterra e casou com uma americana rica. Os dois tinham grandes planos, Teresa me escreveu, para a total restauração do castelo, tão logo saísse a licença para reforma. De modo ilógico, odiei pensar no castelo de St. Loo restaurado.

Onde Gabriel e Isabella realmente estavam e o que Gabriel estava fazendo – ninguém sabia.

Em 1947, Robert fez em Londres uma bem-sucedida exposição das telas que ele pintou na Cornualha.

Naquela época, verificavam-se grandes avanços nas técnicas cirúrgicas. Na Europa Continental, vários cirurgiões estrangeiros faziam proezas em casos parecidos com o meu. Uma das poucas vantagens que a guerra traz em seu rastro é um salto à frente no alívio do sofrimento humano. Meu cirurgião em Londres estava entusiasmado com o trabalho de um médico judeu na Eslováquia. Nos movimentos de resistência durante a guerra, o tal médico fizera experiências ousadas e obtivera resultados espetaculares. Num caso como o meu, opinou meu médico, o eslovaco poderia tentar algo que nenhum cirurgião inglês seria capaz de tentar.

Assim, no outono de 1947, viajei a Zagrade para consultar o dr. Crassvitch.

Não é preciso detalhar a minha história. Basta dizer que o dr. Crassvitch, que me pareceu um cirurgião perspicaz e hábil, disse acreditar que, por meio de cirurgia, a minha condição poderia melhorar tremendamente. Segundo ele, talvez eu viesse a me locomover livremente com a ajuda de muletas – em vez de ficar sempre imóvel e desamparado. Acertamos tudo e sem demora dei baixa na clínica dele.

Nossas expectativas foram satisfeitas. Seis meses depois, emergi da clínica em condições, como ele prometera, de andar com o apoio de muletas. É difícil descrever como isso tornou a minha vida empolgante. Permaneci em Zagrade, pois precisava fazer várias sessões de fisioterapia por semana. Num entardecer de verão, eu me balancei lenta e dolorosamente pela rua central de Zagrade, ancorei num pequeno café ao ar livre e pedi cerveja.

Foi aí que, correndo o olhar pelas mesas ocupadas, me deparei com John Gabriel.

Levei um susto. Não pensava nele há um bom tempo. Nem sonhava que ele pudesse estar ali. Mas susto pior causou-me seu aspecto.

Decaíra de nível social. As feições – já meio vulgares – estavam vulgarizadas quase a ponto de desfigurá-lo. Rosto inchado e enfermo, olhos injetados. Então me dei conta que ele estava um pouco bêbado.

Relanceou os olhos ao redor, me avistou, ergueu-se, cambaleou na direção de minha mesa e exclamou:

– Ora, ora, quem diria! O último homem no mundo que eu imaginaria encontrar.

Eu teria um prazer imenso em acertar um soco na cara de John Gabriel – mas, além de estar inapto ao combate, eu queria notícias de Isabella. Convidei-o a sentar-se e tomar um drinque.

– Obrigado, Norreys, vou aceitar o convite. Como vão as coisas em St. Loo? E o castelo de bolo de gengibre com nossas velhas gatas malhadas?

Contei-lhe que eu não ia a St. Loo há um bom tempo, que o castelo havia sido alugado e que as três velhas damas haviam se mudado.

Com certa animação, ele comentou que aquilo devia ter sido difícil de engolir para a nobre viúva. Eu disse que pensava que ela havia saído de lá contente. Mencionei o noivado de Rupert St. Loo.

– Pelo que se vê – comentou Gabriel –, todo mundo ficou bem.

Eu me segurei para não responder. Percebi o conhecido sorriso irônico arquear sua boca.

– Vamos lá, Norreys – incitou. – Não fique aí com cara de quem comeu e não gostou. Pergunte sobre ela. É isso o que quer saber, não é?

O problema com Gabriel é que ele tem o dom da réplica mordaz. Reconheci a derrota.

– Como vai Isabella? – indaguei.

– Vai bem. Não fiz o papel de sedutor e a abandonei na água-furtada.

Foi difícil me conter para não acertar um soco em Gabriel. Ele sempre teve a capacidade de ser ofensivo. Agora, em plena decadência, era ainda mais ofensivo.

– Ela está aqui em Zagrade? – indaguei.

– Sim. Por que não aparece para uma visita? Ela vai gostar de ver um velho amigo e ouvir as novas de St. Loo.

Será que gostaria mesmo? Fiquei em dúvida. Não havia um eco tênue e longínquo de sadismo na voz de Gabriel?

Com certo constrangimento na voz, perguntei:
– Vocês... se casaram?
Abriu um sorriso absolutamente diabólico.
– Não, Norreys, não nos casamos. Pode voltar e dizer isso para a megera lá em St. Loo.
(Curioso como a lembrança de Lady St. Loo ainda envenenava o espírito dele.)
– É improvável que eu toque nesse assunto com ela – eu disse friamente.
– É isso, não é? Isabella desgraçou a família. – Inclinou a cadeira para trás. – Puxa, como eu gostaria de ter visto a cara delas naquela manhã... A manhã em que descobriram nossa fuga.
– Meu Deus, você é um porco, Gabriel – falei, perdendo o autocontrole.
Ele não ficou nem um pouco incomodado.
– Depende do ponto de vista – ponderou. – Sua percepção da vida é bitolada demais, Norreys.
– Ao menos eu tenho decência – respondi categórico.
– Você é o típico britânico. Tenho de apresentá-lo ao meio cosmopolita em que Isabella e eu circulamos.
– Seu aspecto não é dos melhores, se me permite dizer – comentei.
– É a bebida – alegou Gabriel prontamente. – Agora estou um pouco alto. Mas se anime – continuou –, Isabella não bebe. Não entendo por que, mas não bebe. Está com a mesma silhueta de colegial. Vai gostar de revê-la.
– Seria um prazer – respondi devagar, um tanto incerto.
Seria um prazer revê-la? Não seria, na verdade, pura dor? Será que ela queria me ver? É provável que não. Se eu soubesse como ela se sentia...
– Anime-se! Nenhum pimpolho ilegítimo – alegrou-se Gabriel.

Ele percebeu o meu olhar e falou com voz suave:
– Você me odeia, não é, Norreys?
– Tenho bons motivos.
– Não vejo as coisas assim. Você bem que se divertiu com minhas peripécias lá em St. Loo. E como se divertiu. O interesse por minha trajetória provavelmente o impediu de cometer suicídio. Eu, na sua pele, com certeza teria cometido. Não adianta me odiar só porque é louco por Isabella. Não queira negar. Era naquela época e ainda é agora. Por isso está aí sentado, fingindo ser simpático, mas no fundo com nojo de mim.

– Isabella e eu éramos amigos – falei. – Coisa que você é incapaz de entender.

– Eu não quis dizer que você arrastou a asa para o lado dela, meu velho. Sei que isso não é do seu feitio. Só afinidade de almas e elevação espiritual. Bem, será bom para ela rever o velho amigo.

– Não sei, não – ponderei. – Acha mesmo que ela quer me encontrar?

A atitude dele se alterou. Esbravejou furioso.

– E por que não? Por que diabos ela não desejaria encontrá-lo?

– Eu é que pergunto.

Ele disse:

– Eu gostaria que ela se encontrasse com você.

O comentário me deixou irritado. Retorqui:

– Acho que é melhor nos basearmos no que ela prefere.

Subitamente um sorriso iluminou o rosto dele outra vez.

– É claro que ela vai querer encontrá-lo, meu velho. Só estou brincando com você. Vou dar o endereço. Apareça quando quiser. Ela quase não sai de casa.

– O que você anda fazendo? – indaguei.

Piscou, fechou um olho, enviesou a cabeça.

— Serviço secreto, meu velho. Superconfidencial, mas mal pago. Como deputado, eu estaria ganhando mil libras por ano. (Eu não disse que, se o Partido Trabalhista ganhasse, o salário dos deputados aumentaria?) Vivo lembrando Isabella de tudo o que renunciei por causa dela.

Como eu abominava aquele demônio vulgar e zombeteiro. Tive gana de... bem, tive gana de fazer muitas coisas fisicamente impossíveis para mim. Em vez disso, me contive e aceitei o papelzinho sujo com o endereço rabiscado que ele empurrou na mesa.

Passei um bom tempo daquela noite tentando, em vão, cair no sono. Um medo me acossou. Medo por Isabella. Imaginei se era possível convencê-la a abandonar Gabriel. Obviamente a coisa toda havia sido malsucedida.

Só no dia seguinte me dei conta da dimensão do insucesso. Descobri onde ficava o endereço fornecido por Gabriel. Prédio de aspecto suspeito numa ruela mísera de um bairro mal-afamado. Os sujeitos furtivos e as mulheres descaradamente pintadas por quem passei confirmaram a má fama. Encontrei a casa e perguntei, em alemão, a uma mulher enorme e desleixada que bloqueava a porta onde morava a moça inglesa.

Para minha sorte, ela entendia alemão e me orientou a ir ao andar superior. Subi com dificuldade; as muletas escorregavam. O prédio imundo fedia. Senti meu coração se apertar. Minha bela e altiva Isabella. Rebaixar-se a esse ponto. Mas ao mesmo tempo minha determinação se fortaleceu.

Eu a arrancaria dali. Eu a levaria de volta à Inglaterra...

Cheguei, ofegante, ao piso superior, e bati na porta.

Uma voz lá dentro gritou algo em tcheco. Eu conhecia aquela voz – era a voz de Isabella. Abri a porta e entrei.

Acho que nunca vou conseguir explicar o efeito extraordinário que o ambiente exerceu em mim.

Para começo de conversa, inequivocamente sórdido. Mobília gasta, cortinas berrantes. Cama metálica com aspecto desagradável e obsceno. Lugar ao mesmo tempo limpo e sujo: paredes estriadas de sujeira, teto enegrecido, cheiro tênue e desagradável de percevejos, mas superfícies limpas, cama feita, cinzeiros vazios, nada de bagunça nem de pó.

Apesar disso, um quarto sórdido. No meio dele, enrodilhada na poltrona, aninhada sobre os pés, Isabella tecia um bordado em seda.

Sua aparência era igual à de quando deixara St. Loo. O vestido, a bem da verdade, era antigo, mas de bom talhe e estilo. Apesar de gasto, ela o vestia com naturalidade e classe. Os cabelos ainda tremeluziam no mesmo corte reto perto dos ombros. Feições belas, calmas e graves. Ela e o local não tinham, eu senti, nenhuma relação um com o outro. Ela estava ali, no recinto, exatamente como estaria no meio do deserto ou no convés de um navio. Não era o lar dela. Era um lugar onde casualmente, só naquele instante, ela estava.

Ela me fitou por um segundo, e então, com um pulo para fora da poltrona, veio em minha direção com o rosto alegre e surpreso, as mãos estendidas. Então percebi que Gabriel não havia contado a ela sobre a minha presença em Zagrade. Fiquei me perguntando o porquê.

Suas mãos tomaram as minhas com afeto. Ela ergueu o rosto e me beijou.

– Hugh, que surpresa adorável!

Não me perguntou por que eu estava em Zagrade. Nem comentou o fato de que agora eu podia caminhar, quando na última vez em que me vira eu estava preso à cadeira de rodas. Só uma coisa importava: o amigo dela viera, e ela estava feliz ao vê-lo. Ali estava, sem dúvida, a minha Isabella.

Puxou uma cadeira para mim, perto da poltrona.

– Bem, Isabella – eu disse –, o que tem feito de bom?

Sua resposta foi típica. De imediato me mostrou o bordado e perguntou, com ansiedade na voz:

– Comecei três semanas atrás. Gosta?

Peguei o artesanato na mão. Um retângulo em seda antiga – de um cinza delicado, levemente esmaecido, muito macio ao toque. Nele Isabella tecia um bordado de rosas vermelho-escuras, goivos marrons e matiolas violeta-claro. Obra de beleza e requinte, primorosamente executada.

– É lindo, Isabella. Lindíssimo.

Como sempre, senti a estranha atmosfera de conto de fadas que sempre rodeava Isabella. Ali estava a donzela cativa tecendo um belo bordado na torre do ogro.

– É magnífico – endossei, devolvendo o bordado. – Mas este lugar é horrível.

Ela correu os olhos ao redor numa expressão casual, quase atônita.

– Sim – concordou. – Imagino que sim.

Só isso, nada mais. Fiquei aturdido – Isabella sempre me aturdia. Percebi vagamente que para ela pouco importavam as coisas que a circundavam. Não pensava nelas. Aquilo não lhe importava mais que o estofamento e a decoração do trem importavam para alguém em meio a uma viagem importante. Por acaso, no momento, morava ali naquele recinto. Quando alguém chamou a atenção ao lugar, ela concordou que não era bonito, mas na realidade isso não lhe interessava.

O bordado interessava-lhe bem mais.

Eu disse:

– Eu me encontrei com John Gabriel ontem à noite.

– É mesmo? Onde? Ele não me contou.

Respondi:

– Foi assim que consegui seu endereço. Ele me convidou para aparecer e fazer uma visita.

– Estou tão feliz por você ter vindo. *Tão* feliz!

Como era enternecedor – o ávido prazer que ela sentia com minha presença.

– Isabella, querida Isabella – falei. – Está tudo bem com você? Está feliz?

Cravou o olhar em mim como se não entendesse minhas palavras.

– Tudo isto – expliquei – é tão diferente do que você está acostumada. Não quer deixar tudo para trás e voltar para a Inglaterra comigo? Para Londres ou St. Loo.

Ela sacudiu a cabeça.

– John tem afazeres aqui. Não sei bem o que é...

– O que estou tentando perguntar é: você está feliz com ele? Não é possível que esteja... Todos cometemos enganos terríveis, Isabella. O pior é ser orgulhoso demais a ponto de não reconhecê-los. Abandone Gabriel.

Ela baixou o olhar ao bordado – um sorriso estranho pairava em seus lábios.

– Ah, não, eu não poderia fazer isso.

– Você o ama tanto assim, Isabella? Você... é realmente feliz com ele? Pergunto porque gosto muito de você.

Com seriedade, ela respondeu:

– Quer dizer feliz... feliz como eu era feliz em St. Loo?

– Sim.

– Não, é claro que não sou...

– Então mande tudo às favas, venha comigo e comece tudo de novo.

Outra vez, ela abriu aquele sorriso engraçado.

– Ah, não, eu não poderia fazer isso.

– Afinal de contas – argumentei meio constrangido –, vocês nem são casados.

– Não, não somos...

– Não acha... – eu me senti deslocado, envergonhado, tudo o que Isabella tão obviamente não era. Ainda assim, eu precisava tirar a limpo qual era a exata situação entre esses dois. – Por que não está casada? – indaguei de modo descarado.

Ela não se ofendeu. Em vez disso, tive a impressão de ser a primeira vez em que se questionava sobre o assunto. Por que ela e John Gabriel não haviam se casado? Ela ficou sentada, imóvel e pensativa, perguntando-se o motivo.

Então ela disse, em tom duvidoso e bastante perplexo:

– Acho que John... não quer se casar comigo.

Tive que me controlar para não explodir de raiva.

– Sem dúvida – ponderei –, não há impedimento algum para você casar, não é?

– Não – falou ela em tom incerto.

– Ele deve isso a você. É o mínimo que ele pode fazer.

Ela meneou a cabeça devagar.

– Não – disse ela. – Não se trata disso.

– Não se trata do quê?

Ela pronunciou as palavras com lentidão, relembrando os fatos mentalmente.

– Quando eu fui embora de St. Loo, não foi para me casar com John em vez de me casar com Rupert. Ele queria que eu fosse embora com ele, e eu fui. Ele não falou em casamento. Acho que ele nem pensou nisso. Tudo isto – ela mexeu as mãos de leve, e por "isto" compreendi que ela se referia menos ao sórdido ambiente que nos rodeava e mais ao caráter temporário da vida deles como casal –, bem, isto não é casamento. Casamento é uma coisa bem diferente.

– Você e Rupert... – comecei.

Ela atalhou, aparentemente aliviada pelo fato de eu ter compreendido o significado do que ela dissera.

– Sim – concordou –, isso teria sido casamento.

Então como ela descreveria, pensei comigo, sua vida com John Gabriel? Eu não queria perguntar à queima-roupa.

– Conte-me, Isabella – pedi. – O que você realmente entende por casamento? O que o casamento significa para você... além do significado meramente jurídico?

A pergunta a fez meditar bastante.

– Acho que casar significa nos tornarmos parte da vida de alguém... Significa nos adequarmos, assumirmos nosso lugar, o nosso lugar por direito. O lugar a que pertencemos.

Para Isabella, percebi, o casamento tinha um significado estrutural.

– Quer dizer – indaguei – que você não consegue tomar parte da vida de Gabriel?

– Não. Não sei explicar por quê. Eu bem que gostaria. Sabe – ela estendeu à frente as mãos finas e compridas –, eu não sei nada sobre ele.

Fitei-a fascinado. Pensei que o instinto dela estava certo. Ela não sabia nada sobre John Gabriel. E nunca saberia, por mais tempo que ficassem juntos. Mas eu também podia ver que talvez isso não afetasse seus sentimentos por ele.

E ele, pensei de repente, estava no mesmo barco. Era como se tivesse comprado (ou melhor, usurpado) um aparelho frágil e valioso sem noção alguma dos princípios científicos que regiam seu sofisticado mecanismo.

– Se não estiver infeliz, tudo bem – eu disse devagar.

Ela me fitou de novo com olhos vazios e opacos. Das duas, uma: ou deliberadamente escondeu a resposta, ou nem mesmo ela sabia. Acho que não sabia. Ela vivenciava uma experiência profunda e pungente e não conseguia defini-la em termos exatos para que eu entendesse melhor.

Murmurei em tom suave:

– Mando lembranças ao pessoal de St. Loo?

Ela permaneceu sentada de maneira estática. Lágrimas brotaram em seus olhos e escorreram pelas faces.

Lágrimas não de arrependimento, mas de ternas recordações.

– E se pudesse voltar atrás, Isabella? – questionei. – Se tivesse a liberdade de escolher, faria a mesma escolha outra vez?

Talvez tenha sido crueldade minha, mas eu precisava ter certeza.

Contudo, ela me encarou com olhos desprovidos de compreensão.

– Por acaso há mesmo escolha? Em algum aspecto de nossas vidas?

Questão de opinião. A vida é mais fácil, talvez, para realistas inveterados como Isabella Charteris, que não vislumbram vias alternativas. No entanto, hoje acredito, chegaria o momento de Isabella ter a chance de escolher e, com plena consciência de se tratar de uma escolha, preferir um caminho em vez de outro. Mas esse momento ainda não chegou.

Então, sem tirar os olhos de cima de Isabella, escutei passos cambaleantes subindo a escada. John Gabriel escancarou a porta com um floreio e entrou de supetão. Imagem nada agradável.

– Olá – saudou. – Foi fácil encontrar o caminho?

– Sim – respondi sucinto.

Dizer mais do que isso me foi humanamente impossível. Rumei à porta.

– Sinto muito – balbuciei. – Preciso ir andando...

Ele recuou um pouco para me deixar passar.

– Bem – disse ele, e havia algo em seu jeito que não compreendi –, depois não vá dizer que não teve a sua chance...

Não entendi direito o que ele quis dizer.

Ele prosseguiu:

– Jante conosco amanhã no Café Gris. Vou reunir alguns amigos. Isabella ia gostar de sua presença, não é, Isabella?

Olhei para trás. Ela sorria para mim com ar sério.

– Sim, por favor, apareça – pediu ela com o rosto sereno e sossegado. Alisava e selecionava suas sedas.

Percebi de relance algo fugidio e incompreensível no rosto de Gabriel. Talvez fosse desespero.

Desci rápido aquela horrenda escada – o mais rápido possível para um aleijado. Eu queria ganhar a rua e sentir a luz do sol – fugir daquela bizarra conjunção de Gabriel e Isabella. Gabriel havia mudado – para pior. Isabella não mudara nada.

Na minha cabeça confusa, senti que havia algum significado naquilo. Se ao menos eu pudesse descobri-lo...

Capítulo 25

Certas lembranças horríveis jamais conseguimos esquecer. Uma dessas foi aquele anoitecer no Café Gris. Um verdadeiro pesadelo. Estou convencido de que aquele encontro foi programado única e exclusivamente para satisfazer a maldade de Gabriel em relação a mim. Era, a meu ver, uma reunião infame. Fui apresentado aos amigos e colegas de Gabriel em Zagrade – e Isabella sentou-se com eles. Homens e mulheres que nunca deveriam ter a permissão de se reunir. Bêbados, depravados, meretrizes com grossas camadas de maquiagem, gente doentia e viciada em entorpecentes. Tudo o que havia de mais degradante, vil e corrompido.

E não se redimiam, como em geral acontece, pelo talento artístico. Ali não havia escritores, músicos, poetas nem pintores; nem mesmo oradores eloquentes. Ali estava a escória do mundo cosmopolita, escolhida a dedo por Gabriel. Como se intencionalmente quisesse mostrar o quão abjeto ele podia ser.

Fiquei louco de mágoa por Isabella. Como ele ousava misturá-la a um grupo daqueles?

Então olhei para ela, e a mágoa se dissipou. Não mostrava nojo nem preocupação de evitar alguém, muito menos inquietude para encobrir uma situação difícil. Sentou-se lá com um sorriso calmo, o mesmo sorriso longínquo da donzela da Acrópole. Tratava as pessoas com cortesia e não se deixava afetar por elas. Era imune a elas – assim como às sórdidas instalações em que morava. Lembrei-me da antiga resposta dela à minha pergunta sobre seu interesse por política. Ela dissera com uma expressão um tanto vaga: "É uma dessas coisas que a gente faz". Aquela noite, adivinhei, enquadrava-se na mesma categoria. Se eu tivesse lhe perguntado como se sentia em relação àquilo, ela teria dito em igual entonação: "É o tipo de gente com quem nos reunimos". Aceitava o fato sem mágoa ou interesse especial; era apenas uma das coisas que John Gabriel escolheu fazer.

Da minha mesa relanceei o olhar para ela e obtive um sorriso como resposta. A angústia e a perturbação que eu sentia eram simplesmente desnecessárias. Uma flor desabrocha tão bem num monte de esterco quanto em outro lugar. Talvez até melhor – pois a flor é mais perceptível...

O grupo debandou em massa do café. Quase todos bêbados.

Mal começamos a atravessar a rua, e um carro grande surgiu silencioso na escuridão. Acelerou sobre Isabella, que percebeu o perigo a tempo e deu um pulo ágil para a calçada. O carro se afastou buzinando, e perscrutei a reação dela. No rosto, palidez; no olhar, agudo terror.

Naquilo, então, ela continuava vulnerável. A vida, em todas as suas vicissitudes, era incapaz de afetá-la. Conseguia tolerar a vida – mas não a morte. Nem a ameaça da morte. Mesmo com o perigo descartado, ela continuava pálida e trêmula.

Gabriel gritou:

– Meu Deus, essa foi por um triz! Tudo bem, Isabella?

Ela disse:

– Ah, sim! Tudo bem.

Mas o medo ainda pulsava em sua voz. Fitou-me e disse:

– Ainda sou covarde, sabe?

Não há muito mais a contar. Aquela noite no Café Gris foi a última vez em que vi Isabella.

A tragédia precipitou-se, como de costume, sem aviso nem advertência.

Eu ponderava se devia visitar Isabella de novo, se devia escrever a ela ou se devia deixar Zagrade sem revê-la, quando Gabriel apareceu.

Se eu dissesse que notei algo incomum no aspecto dele, eu estaria mentindo. Certa agitação nervosa, talvez, uma tensão. Não sei...

Comunicou com bastante tranquilidade:

— Isabella morreu.

Eu o encarei estupefato. A princípio não entendi direito. Simplesmente não podia ser verdade.

Percebeu meu ceticismo.

— Ah, sim – continuou. – É verdade. Levou um tiro.

Por um instante fiquei sem palavras. Uma fria sensação de desgraça – de perda infinita – tomou conta de mim. Só então consegui balbuciar:

— Um tiro? – indaguei. – Um *tiro*? Como assim, levou um tiro? Como aconteceu?

Ele me contou. Estavam sentados juntos no café em que eu havia me encontrado com Gabriel pela primeira vez.

Ele me perguntou:

— Já viu fotos de Stolanov? Me acha parecido com ele?

Stolanov, naquela época, era o ditador da Eslováquia. Observei Gabriel minuciosamente e percebi que havia uma nítida semelhança nas feições. Quando o cabelo de Gabriel, em desalinho, caía no rosto, como acontecia com frequência, a semelhança acentuava-se.

— O que aconteceu? – perguntei.

— Um estudante imbecil. Confundiu-me com Stolanov. Sacou um revólver e entrou correndo no café de arma em punho, aos berros de "Stolanov, Stolanov, até que enfim eu te peguei". Não houve tempo para reagir. Ele apertou o gatilho. Errou o alvo. O tiro atingiu Isabella...

Fez uma pausa. Em seguida, acrescentou:

– Morte instantânea. A bala atravessou o coração.

– Meu Deus! – exclamei. – E você não pôde fazer nada?

Parecia-me incrível que Gabriel não tivesse sido capaz de fazer nada.

Ele corou.

– Não – garantiu ele. – Não pude fazer nada... Eu estava atrás da mesa junto à parede. Não tive tempo de esboçar reação...

Calei-me. Eu permanecia aturdido – amortecido.

Gabriel sentou-se sem tirar os olhos de mim. Continuava a não mostrar quaisquer sinais de emoção.

– Então foi para isso que você a trouxe para cá – comentei enfim.

Ele encolheu os ombros.

– Sim... se você quiser entender assim.

– É por culpa sua que ela estava aqui, naquela casa pútrida, nesta cidade pútrida. Se não fosse por você, ela teria...

Parei. Ele concluiu a frase para mim.

– Teria se tornado Lady St. Loo e estaria morando num castelo à beira-mar. Morando num castelo de bolo de gengibre, com um marido de bolo de gengibre e, talvez, com uma criança de bolo de gengibre no colo.

O escárnio na voz dele me deixou indignado.

– Meu Deus, Gabriel – reclamei. – Acho que nunca vou perdoá-lo!

– Se me perdoa ou deixa de me perdoar, Norreys, não me interessa muito.

– Por que veio atrás de mim, afinal? – perguntei com raiva. – Por que veio me procurar? O que você quer?

Respondeu com a voz tranquila:

— Quero que a leve de volta a St. Loo. Acho que pode resolver isso. Ela tem que ser enterrada lá, não aqui, um lugar ao qual ela não pertence.

— É — eu disse. — Ela não pertence a este lugar.

Olhei para ele. Em meio à dor, minha curiosidade se atiçou.

— Por que fugiu com ela? Qual era a ideia por trás disso tudo? Você a desejava tanto assim? O suficiente para arruinar a sua carreira e tudo o que você mais prezava?

De novo ele deu de ombros.

Gritei furioso:

— Eu não entendo!

— Entender? É claro que não entende. — A voz dele, estridente e rouca, me deixou perplexo. — *Nunca* vai entender nada. O que *você* sabe sobre sofrimento?

— Um bocado — eu disse em meio a um tormento emocional.

— Não conhece, não. Não sabe o que é sofrer de verdade. Não entende que eu nunca sabia (nem uma vez sequer) no que ela estava pensando? Nunca consegui me comunicar com ela. Eu lhe digo, Norreys, fiz de tudo para domá-la... De tudo. A fiz chafurdar na lama, no meio da escória, e acho que ela nem se deu conta do que eu tentava fazer! "Nada a afeta e nada a assusta."* Isso descreve bem Isabella. É apavorante, eu lhe digo. Apavorante. Brigas, lágrimas, desafios... era isso o que eu sempre esperava. E a vitória no final! Mas não venci. Não é possível vencer quando se combate alguém que não sabe que está num combate. E eu não consigo falar com ela... nunca consegui falar com ela. Bebo até ficar em coma alcoólico, experimento drogas, saio com outras mulheres... Nada a comove. Ela fica ali, aninhada na ca-

---

* Alusão à frase *She can't scare and she can't soil*, do livro *Mr. Standfast*, de John Buchan. (N.T.)

deira, bordando flores na seda, às vezes cantarolando... Talvez ainda esteja no castelo à beira-mar... no maldito conto de fadas... Ela o trouxe junto...

Sem se dar conta, ele tinha flexionado os verbos no presente. Mas subitamente parou. Afundou-se numa poltrona.

– Você não entende – afirmou. – Como poderia entender? Bem, jogo a toalha. Eu possuí o corpo dela. Nunca possuí nada mais. Agora o corpo dela escapou de mim... – Levantou-se. – Leve-a de volta a St. Loo.

– Vou levar – eu disse. – E que Deus o perdoe, Gabriel, por tudo o que você fez a ela!

Deu uma guinada em minha direção.

– Pelo que fiz a ela? E o que me diz do que ela me fez? Nunca entrou em seu cérebro arrogante, Norreys, que desde a primeira vez em que avistei aquela garota minha vida foi uma tortura? Não sei explicar, mas eu não podia nem vê-la na minha frente. Nem agora entendo. Era como esfregar pimenta malagueta numa ferida aberta. Tudo o que eu desejava e prezava em minha vida se cristalizava nela. Eu sabia como era tosco, imundo e lascivo, mas não me importava... Até o dia em que a vi.

"Ela me magoou, Norreys. Não entende? Me magoou como nunca antes havia sido magoado. Eu precisava destruí-la, trazê-la ao meu patamar. Não entende... não! Não entende nada. É incapaz de entender. Apenas se encolhe no banco da janela como se a vida fosse um livro passando à frente de seus olhos! Eu estava no inferno, eu lhe digo, no *inferno*.

"Uma vez, só uma única vez, pensei ter conseguido romper a barreira... ter conseguido uma rota de fuga. Foi quando aquela pequena mulher tola e ingênua precipitou-se King's Arms adentro e quase estragou tudo. A eleição estava em xeque; eu estava em xeque. Ali eu tive Milly Burt em minhas mãos. Aquele marido animalesco concederia o divórcio. Eu faria a coisa certa e me casaria com ela. Então eu estaria livre. Livre dessa obsessão horrível e torturante...

"E então ela, Isabella em pessoa, agiu. Ela não sabia o que fazia comigo. Eu tinha que continuar! Não havia escapatória. Eu desejei, durante o tempo todo, superar aquela situação. Até cheguei a comprar um presente de casamento para ela.

"Bem, não adiantou nada. Não consegui abrir mão. Eu precisava possuí-la..."

– E agora – completei – ela está morta...

Desta vez, ele me deixou dar a última palavra.

Repetiu com muita suavidade:

– E agora ela está morta...

Deu meia-volta e saiu.

Capítulo 26

Essa foi a última vez em que vi John Gabriel. Separamo-nos brigados em Zagrade e não o encontrei mais.

Com certa dificuldade, tomei as providências para que o corpo de Isabella fosse levado à Inglaterra.

Ela foi enterrada no pequeno cemitério perto do mar em St. Loo, onde outros familiares seus haviam sido enterrados. Depois do funeral, voltei à casinha vitoriana com as três velhas damas, que me agradeceram por ter trazido Isabella para casa...

Nos últimos dois anos, era visível como haviam envelhecido. Lady St. Loo aparentava mais do que nunca ser uma águia, a carne bem esticada em cima dos ossos. Parecia tão frágil que podia morrer a qualquer instante. Contudo, ela viveu ainda por muitos e muitos anos. Lady Tressilian, mais atarracada e muito asmática, segredou-me num sussurro que as três haviam gostado muito da esposa de Rupert.

— Mocinha tão prática e inteligente, sabe? Tenho certeza de que serão felizes. Claro que não é bem aquilo que sonhamos...

Com lágrimas nos olhos murmurou:

— Ah... por que... *por que* tinha de acontecer tudo isso?

Mero eco da frase que não cessava de martelar em meu cérebro.

— Aquele homem perverso, perverso... — continuou ela.

Comungávamos — as três velhas damas e eu — do luto por uma garota morta e do ódio por John Gabriel.

A sra. Bigham Charteris, mais áspera do que nunca, comentou quando eu enfim comecei a me despedir delas:

– Lembra-se da pequena sra. Burt?

– Sim, é claro. O que aconteceu com ela?

A sra. Bigham Charteris sacudiu a cabeça.

– Tenho receio de que ela faça uma besteira. Sabe o que aconteceu com Burt?

– Não, não sei.

– Uma noite bebeu além da conta e a caminho de casa caiu numa vala. Bateu a cabeça numa pedra e morreu.

– Então ela está viúva?

– Sim. E contam as boas línguas de meus amigos de Sussex que ela anda namorando um dos granjeiros daquelas bandas. Vai se casar com ele. Sujeito de má reputação. Beberrão. E metido a valente também.

Então Milly Burt, pensei, repetia seu padrão.

Por acaso alguém já aproveitou quando teve uma segunda chance...?

Mais do que nunca, eu me fiz essa pergunta a caminho de Londres no dia seguinte. Embarquei no trem em Penzance e comprei um bilhete para o primeiro almoço. Enquanto esperava a sopa, pensei em Jennifer.

De vez em quando, Caro Strangeways me dava notícias dela. Jennifer, contou-me Caro, estava infeliz. A sua vida complicara-se de modo incrível, mas ela encarava as dificuldades com coragem. Era impossível, nas palavras de Caro, deixar de admirá-la.

Pensando em Jennifer, abri um discreto sorriso. A adorável Jennifer. Mas não tinha vontade de vê-la – nenhum interesse verdadeiro.

Não faz sentido escutar sempre o mesmo disco...

Acabei indo à casa de Teresa em Londres, e Teresa me deixou falar...

Ouviu minhas acerbas críticas a John Gabriel. Narrei a ela os fatos em Zagrade e terminei com o sepultamento de Isabella em St. Loo.

Então me calei por um minuto; escutei o barulho das ondas do Atlântico batendo com ímpeto nos rochedos, avistei o contorno do castelo de St. Loo contra o céu...

– Eu queria estar com a sensação de que ela descansa em paz... Mas não, Teresa. Estou revoltado por dentro. Ela morreu antes da hora. Uma vez, ela me disse que queria viver até ficar bem velhinha. Poderia ter chegado lá. Tinha constituição corporal muito forte. É isso que eu acho tão difícil de aceitar: o modo como a vida dela foi interrompida...

Sentada à frente de um enorme óleo sobre tela, Teresa mexeu-se um pouco e ponderou:

– Você se baseia no tempo. Mas o tempo nada significa. Cinco minutos e mil anos são igualmente significativos. – E citou com voz suave: – O momento da rosa e o momento do teixo têm igual duração...

(Rosa de um vermelho vivo bordada em seda de um cinza esmaecido...)

Teresa prosseguiu:

– Você insiste em construir seus próprios planos para a vida, Hugh, e tenta adequar as outras pessoas a eles. Mas cada um tem seus próprios planos. Todas as pessoas têm... É isso que torna a vida tão confusa. Porque os planos se entrelaçam... se sobrepõem. São raras as pessoas que nascem com clarividência suficiente para conhecer seus próprios desígnios. Acho que Isabella era uma dessas pessoas... Era difícil compreendê-la (para *nós*), não por ser complexa, mas por ser simples, de uma simplicidade quase aterradora. Ela só reconhecia as coisas essenciais. Você insiste em ver a vida de Isabella como algo interrompido, virado ao avesso, estraçalhado...

Mas tenho a forte suspeita de que foi algo que atingiu a completude...

– O momento da rosa?

– Se quiser chamar assim.

E acrescentou com a voz macia:

– Você tem muita sorte, Hugh.

– Sorte? – eu a fitei.

– Sim, porque você a amou.

– Imagino que sim. Mas nunca consegui fazer nada por ela... Nem ao menos tentei impedi-la de fugir com Gabriel...

– Não – disse Teresa. – Pois você a amava de verdade. Você a amava o suficiente para não interferir.

Quase a contragosto aceitei a definição que Teresa fazia da palavra "amor". A compaixão talvez sempre tenha sido o meu defeito. Culpa de minha indulgência acalentada. Com base na compaixão, a complacente naturalidade da compaixão, eu vivera e amolecera meu coração.

Mas Isabella, ao menos, eu mantive livre da compaixão. Nunca tentei ajudá-la, facilitar o caminho para ela nem aliviar os fardos que a ela cabiam. Em sua vida breve, ela foi plena e perfeitamente ela mesma. A compaixão é uma emoção de que ela não precisava nem entendia. Como disse Teresa, eu a amara o suficiente para não interferir...

– Querido Hugh – mencionou Teresa cordialmente –, é claro que você a amou. E foi muito feliz cultivando esse amor.

– Sim – reconheci um tanto surpreso. – Sim, fui muito feliz.

Em seguida, a raiva tomou conta de mim e eu disse:

– Mas ainda quero ver John Gabriel sofrer as torturas dos amaldiçoados neste e no outro mundo!

– Não sei quanto ao outro – falou Teresa –, mas neste mundo você alcançou seu desejo. Não conheço ninguém mais infeliz que John Gabriel...

– Imagino que sinta pena dele, mas posso lhe dizer que...

Teresa atalhou. Disse que não era bem pena o que sentia. Era algo mais profundo.

– Não sei o que você quer dizer. Se o tivesse visto em Zagrade... Não fazia nada além de falar sobre si mesmo... Nem ficou transtornado com a morte de Isabella.

– Você não sabe. Imagino que nem tenha reparado nele de modo adequado. Você nunca presta atenção nas pessoas.

Então me dei conta, quando ela disse isso, de que eu nunca tinha prestado atenção em Teresa. Nem ao menos a descrevi nesta narrativa.

Tive a impressão de estar, talvez, observando-a pela primeira vez... Vi os malares salientes e o topete de cabelo preto que carecia de um lenço e um grande pente espanhol. Vi a cabeça postada muito orgulhosamente sobre o pescoço, como a da bisavó castelhana.

Num relance de olhos tive por um momento a impressão de vislumbrar Teresa menina. Ávida, apaixonada, lançando-se intrépida na vida.

Eu não tinha a mínima ideia do que ela descobrira...

– Por que não tira os olhos de mim, Hugh?

Respondi devagar:

– Eu estava pensando que nunca a observei com a devida atenção.

– É, acho que não – concordou ela, abrindo um tênue sorriso. – Bem, o que enxerga?

Teresa fez essa pergunta com ironia no sorriso, graça na voz e algo insondável no olhar.

– Sempre foi muito boa comigo, Teresa – eu disse com lentidão. – Mas no fundo não sei nada sobre você...

– Não, Hugh. Você não sabe nada.

Ela se ergueu com brusquidão e fechou a cortina – estava entrando muito sol.

– Quanto a John Gabriel... – eu comecei.

Teresa comentou com a voz profunda:

– Deixe que ele se acerte com Deus, Hugh.

– Coisa estranha de se dizer, Teresa.

– Acho que é a coisa certa de se dizer. Sempre achei isso.

Ela acrescentou:

– Um dia... talvez você saiba o que eu quis dizer.

Epílogo

Bem, a narrativa é esta.

A narrativa do homem que eu conheci em St. Loo, na Cornualha, e que eu tinha visto pela última vez num quarto de hotel em Zagrade.

Homem que agora morria num quarto dos fundos em Paris.

– Preste atenção, Norreys – murmurou com a voz fraca mas nítida. – Você precisa saber a verdade sobre Zagrade. Na época não lhe contei. Acho que nem eu tinha entendido direito...

Fez uma pausa para tomar fôlego.

– Sabe o que Isabella mais temia? A coisa que mais a assustava? A morte.

Assenti com a cabeça. Sim, eu sabia. Lembrei do pânico incontrolável no olhar dela ao ver o passarinho morto embaixo do vidro da casa em St. Loo. Lembrei do modo como ela pulou para escapar do atropelamento em Zagrade e da palidez em seu rosto.

– Então preste atenção. *Preste atenção*, Norreys: o estudante veio na minha direção de revólver em punho. Ele me apontou a arma a dois metros de distância. Não tinha como errar, eu estava preso atrás da mesa. Não podia me mexer. Isabella percebeu o que estava prestes a acontecer. *Ela se atirou na minha frente bem na hora em que ele apertou o gatilho...*

A voz de Gabriel se elevou.

– Entende, Norreys? Ela sabia o que estava fazendo. Sabia que aquilo significava a morte... para ela. Escolheu a morte... para me salvar.

Ternura brotou na voz dele.

— Eu não tinha entendido, ao menos até aquele momento. Na verdade só entendi direito depois, ao pensar no assunto. Só então fui entender que ela me *amava*... Algo me dizia que eu a atraía... Mas Isabella me amava com tanta intensidade que desistiu de viver por minha causa, apesar do medo que tinha da morte...

Viajei ao passado. Vi o café em Zagrade. Vi o estudante fanático e histérico, o excruciante susto de Isabella, a hora em que percebeu tudo, o pânico fugaz... e, em seguida, a rápida escolha. Eu a vi jogar o corpo à frente e servir de escudo para John Gabriel...

— Então esse foi o fim... – concluí.

Mas Gabriel soergueu-se nos travesseiros. Seus olhos, desde outrora sempre bonitos, abriram-se muito. Sua voz soou alta e límpida – uma voz de triunfo:

— Não! É aí que você se engana! Não foi o fim. Foi o *começo*...

Livros de Agatha Christie publicados pela L&PM EDITORES

O homem do terno marrom
O segredo de Chimneys
O mistério dos sete relógios
O misterioso sr. Quin
O mistério Sittaford
O cão da morte
Por que não pediram a Evans?
O detetive Parker Pyne
É fácil matar
Hora Zero
E no final a morte
Um brinde de cianureto
Testemunha de acusação e outras histórias
A Casa Torta
Aventura em Bagdá
Um destino ignorado
A teia da aranha (com Charles Osborne)
Punição para a inocência
O Cavalo Amarelo
Noite sem fim
Passageiro para Frankfurt
A mina de ouro e outras histórias

MEMÓRIAS
Autobiografia

MISTÉRIOS DE HERCULE POIROT

Os Quatro Grandes
O mistério do Trem Azul
A Casa do Penhasco
Treze à mesa
Assassinato no Expresso Oriente
Tragédia em três atos
Morte nas nuvens
Os crimes ABC
Morte na Mesopotâmia
Cartas na mesa
Assassinato no beco
Poirot perde uma cliente
Morte no Nilo
Encontro com a morte
O Natal de Poirot
Cipreste triste
Uma dose mortal
Morte na praia
A Mansão Hollow
Os trabalhos de Hércules
Seguindo a correnteza
A morte da sra. McGinty
Depois do funeral
Morte na rua Hickory
A extravagância do morto
Um gato entre os pombos
A aventura do pudim de Natal
A terceira moça
A noite das bruxas
Os elefantes não esquecem
Os primeiros casos de Poirot
Cai o pano: o último caso de Poirot
Poirot e o mistério da arca espanhola e outras histórias
Poirot sempre espera e outras histórias

MISTÉRIOS DE MISS MARPLE

Assassinato na casa do pastor
Os treze problemas

Um corpo na biblioteca
A mão misteriosa
Convite para um homicídio
Um passe de mágica
Um punhado de centeio
Testemunha ocular do crime
A maldição do espelho
Mistério no Caribe
O caso do Hotel Bertram
Nêmesis
Um crime adormecido
Os últimos casos de Miss Marple

MISTÉRIOS DE TOMMY & TUPPENCE

O adversário secreto
Sócios no crime
M ou N?
Um pressentimento funesto
Portal do destino

ROMANCES DE MARY WESTMACOTT

Entre dois amores
Retrato inacabado
Ausência na primavera
O conflito
Filha é filha
O fardo

TEATRO

Akhenaton
Testemunha de acusação e outras peças
E não sobrou nenhum e outras peças

ANTOLOGIAS DE ROMANCES E CONTOS

Mistérios dos anos 20
Mistérios dos anos 30
Mistérios dos anos 40
Mistérios dos anos 50
Mistérios dos anos 60

Miss Marple: todos os romances v. 1
Poirot: Os crimes perfeitos
Poirot: Quatro casos clássicos

GRAPHIC NOVEL

O adversário secreto
Assassinato no Expresso Oriente
Um corpo na biblioteca
Morte no Nilo

Antologias de romances protagonizados por Miss Marple e Poirot & uma deliciosa autobiografia da Rainha do Crime

EM FORMATO 16x23 CM

Agatha Christie®

L&PM EDITORES

Agatha Christie
CINCO DÉCADAS DE MISTÉRIOS
EM FORMATO 16x23 CM

AGATHA CHRISTIE — MISTÉRIOS DOS ANOS 20
- O adversário secreto
- O homem do terno marrom
- O segredo de Chimneys
- O mistério dos sete relógios

AGATHA CHRISTIE — MISTÉRIOS DOS ANOS 30
- O mistério Sittaford
- Por que não pediram a Evans?
- É fácil matar

AGATHA CHRISTIE — MISTÉRIOS DOS ANOS 40
- M ou N?
- Hora Zero
- Um brinde de cianureto
- A Casa Torta

AGATHA CHRISTIE — MISTÉRIOS DOS ANOS 50
- Aventura em Bagdá
- Um destino ignorado
- Punição para a inocência
- O Cavalo Amarelo

AGATHA CHRISTIE — MISTÉRIOS DOS ANOS 60
- Noite sem fim
- Um pressentimento funesto
- Passageiro para Frankfurt
- Portal do destino

L&PM EDITORES

Agatha Christie
SOB O PSEUDÔNIMO DE MARY WESTMACOTT

- ENTRE DOIS AMORES
- RETRATO INACABADO
- AUSÊNCIA NA PRIMAVERA
- O CONFLITO
- FILHA É FILHA
- O FARDO

© 2015 Agatha Christie Limited. All rights reserved.

L&PMPOCKET

Poirot

Agatha Christie

- Morte na Mesopotâmia
- Os Crimes ABC
- Os Quatro Grandes
- Cai o Pano: O último caso de Poirot
- Poirot Perde uma Cliente
- Natal Poirot

L&PMPOCKET

Miss Marple

Agatha Christie

- A MALDIÇÃO DO ESPELHO
- CONVITE PARA UM HOMICÍDIO
- NÊMESIS
- UM CRIME ADORMECIDO - O ÚLTIMO CASO DE MISS MARPLE
- TESTEMUNHA OCULAR DO CRIME
- O CASO DO HOTEL BERTRAM

© 2016 Agatha Christie Limited. All rights reserved.

L&PMPOCKET

lepmeditores
www.lpm.com.br
o site que conta tudo

IMPRESSÃO:

PALLOTTI
GRÁFICA

Santa Maria - RS | Fone: (55) 3220.4500
www.graficapallotti.com.br